U0555408

张炜
野趣散文

zhang wei

文汇出版社

图书在版编目(CIP)数据

张炜野趣散文 / 张炜著.—上海:文汇出版社,
2017.10
(文汇.金散文)
ISBN 978-7-5496-2176-7

Ⅰ.①张… Ⅱ.①张… Ⅲ.①散文集-中国-当代
Ⅳ.①I267

中国版本图书馆 CIP 数据核字(2017)第 141009 号

· 主　　编: 陈先法　杨海蒂

· 本册选编: 杨海蒂

"文汇·金散文"第一辑

张炜野趣散文

出 版 人: 桂国强

作　　者: 张　炜
责任编辑: 张　涛
装帧设计: Q_Design

出版发行: 文匯出版社
　　　　　上海市威海路 755 号　邮政编码: 200041
经　　销: 全国新华书店
印刷装订: 江苏启东市人民印刷有限公司

版　　次: 2017 年 10 月第 1 版
印　　次: 2017 年 10 月第 1 次印刷
开　　本: 890×1240　1/32
字　　数: 180 千
印　　张: 9.125

ISBN: 978-7-5496-2176-7
定　　价: 35.00 元

序：它们的神秘与美，足够我写一生

　　大自然可以让人的视野更开阔，让人超脱于狭隘的物质利益和烦琐的人际关系。动物是大大不同于我们的生命，也是许多方面与我们相似和相通的生命。它们的喜与怒，它们的思维方式，它们的心思与动机，都值得我们去研究。关于动物的内在素质，特别是它们心理精神方面的技能和特点的最新发现，总是使我格外向往。这主要不是好奇，而是引我想到更多的生命的奥秘。这样的事情会让我离开人的固有立场，去反观我们人本身。我觉得，一个敏感的、有心力的人，直直地对视一条狗的天真无邪的眼睛，就能悟想许多、学到许多。它们和大多数动物一样，纯洁无欺，没有什么杂质。这是生命的一个方面。它们的激情，大多数时候远远地超过了我们人类。我在林子里亲眼偷窥到一只豹猫，它当时以为是自己处在了阳光普照的林中草地上，就仰晒了一会儿，然后尽情地滚动玩耍起来。它那一刻，我想是多么高兴和幸福。它对于大自然，在那一刻肯定是满意极了。

我过去和现在的生活中，大海一直是一个突出显赫的存在。我是在海边林子中长大的，所以没有比这二者给我的印象再深的了。它们的神秘与美，足够我写一生的了。写大海，不仅是追问历史，还有回忆童年，更有唱不尽的挽歌。离开了大海，我会觉得拥挤和逼仄。现代人破坏大自然，主要就是从破坏大海开始的，大概也首先会受到大海的报复。大海的伟大辽阔，一般人并没有认识，他们待在小小的陆地上，自高自大，坐山为王，是夜郎心态。我在大城市待得久了，夜郎心态就悄悄地出现了，这让我倒吸一口凉气。

我书中的某种关系和空间，对我从小生活的环境来说，是很自然的表现。十几岁之前我一直生活在海边丛林里，那时候记忆中是无边的林子，还有长长的海岸线，有伸进大海深处的大沙坝、长而狭的半岛和大海深处迷迷蒙蒙的几个岛。这些地方在我和童年伙伴的心中是神秘无比的，向往极了，一直想着有一天会去那儿探访个究竟。有的地方还真的去过了，那些经历一辈子都不会忘记。现在讲当时的印象、一些记忆，没有多少人会信了。特别是城里的机关人、网络人、影视人，要让自己靠想象去还原那种场景，可能是非常困难的。我们难忘在无边的林子里迷路的绝望感和恐惧感，也难忘在岛上石礁过夜时面对满天又大又亮的星斗时的奇特心情。动物多得不得了，它们与我们没有一天不见面，"它们"不是指家养动物，更不是指猫和狗这种经典动物。我们与它们之间在长期的交往之中形成了一种又斗争又合作的关系，我们和它们对园艺场、林场、周围村子里的大人们的态度，有许多一致的方面。我们与它们多少结成了一种统一战线的样子。记得在教室上课时，有许多同学都在课桌下边的书洞里和包包里、口袋里偷偷放了小鸟和小沙鼠——特别是刺猬。记得我们同学当中有的没有按时来学校上课，最后揉着惺忪睡眼进门，告诉老师：昨夜一直在帮叔父捉狐狸，它附在婶妈身上闹了一夜。这些事无论是老师还是同学，没有一个不信。因为这都是经常发生的。黄鼬也能附在人的身上，这都是见怪不怪的事，每周里都有一二起。任何动物，无论大小，都有一些过人的神通，刺猬唱歌只是小事一桩。如果有人说这仅仅是愚昧，我是不会同意的。因为劳动人民其实是最聪明的人，大家既然都确信不疑，代代相传，并且又一而再再而三地亲身经历，我们就不该简单地去否定了。总之，动物和大海林子、人三位一体的生活，是几代人延续下来的一种传统。我写了这种传统，不过是等于在梦中返回了一次童年、重温了我的童年生活而已。

在生态保护较好的地区，在地广人稀的地方，这几乎是一种日常生活状态。差不多每一个人、每一户人家，都有与动物密切交往的经历。有一些奇异的事例并非是传说，只是我们很难解释罢了。无论怎么破除迷信，我都不会怀疑某些动物的超人灵性。这方面的故事、例子，我可以讲出许许多多。

万松浦于几万亩松林之中，大海之侧，它有一种语言难描的伟大力量，这力量鼓动我支持我。林子里有万千生物，它们与我天天相处，几乎每时每刻都在向我叙说它们的故事。一个人类与大自然万物交织生存的浑茫世界，彻底地笼罩了我的心身。所以说，没有万松浦，就感受不到危机，也获得不到心力。午夜里，大海的巨涌潮声在我听来就像强烈的脉冲，正频频发射过来。

我不会忘记小时候生活过的那个环境：无边无际的林子，海边林地茂密，到处都是野物。那里是山东半岛上的半岛——胶东半岛，而我所写的这片神秘美丽之地，又在胶东半岛的西北部，像是伸进大海深处的一个犄角。那里过去是林深如海的，记得小时候没有人敢独自一人往深处走。我没有看到哪里比它更神秘更优美。可是这一切几乎在四十多年的时间里消失净尽。它只是活在我的记忆里。多少年了，我一直想写出这个记忆，它像我的一个梦。但我知道，要写出来，非要有五彩之笔不可，就像神笔马良的本事。而我远没有这种能力，所以一直拖下来、再拖下来。

目 录
Contents

序：它们的神秘与美，足够我写一生・001

第一辑

屺姆岛纪事・003

古镇随想・011

难忘观澜・015

温柔的绿山・018

山地之光・022

两个岛屿・027

有个依岛・030

沙・033

地有三分・036

半岛 · 038

岛主 · 043

第二辑

我的心在那儿 · 049

向东方 · 051

相守之心 · 058

看着我的昨天 · 061

水啊 · 065

美丽的万松浦 · 070

万松浦纪事 · 073

万松浦的动物们 · 089

第三辑

南山四月 · 127

琴声 · 130

一个妙窝 · 133

巨大的李子花 · 137

如火如荼 · 139

一串瓷亮的野枣 · 141

尊长 · 144

昔日花・145

失去的朋友・148

第四辑

灵异和动物・153

美生灵・155

狐・159

爱小虫・162

炕和猫・168

林与海与狗・172

刺猬・177

马与狐狸与刺猬・180

水怪・188

少年和生灵・191

第五辑

生命的力量・195

土与籽・199

获火・203

晨风一吹・207

地母在疼・209

山屋・212

老农舍・216

三线老屋・219

黑松林・223

森林之冬・227

失冬雪・230

第六辑

月主・237

莱山月主祠・240

月亮从山凹升起・243

月光・246

山凹之月・250

扎下帐篷点起篝火・255

融入野地・259

大自然使我们真正地激动・277

第一辑

屺姆岛纪事

有朋自远方来，一定要问这里最好玩的地方是哪里？我通常把他们的意思理解为环境最美、最有魅力的自然山水，于是就不假思索地回一句："屺姆岛。"我急于让他们去那里看碧蓝的海湾、陡立的海蚀崖和起起落落的鸥鸟，吃最美的海鲜，听渔民的神奇故事，领略这一隅风情。每一次的屺姆之行，对我来说都成了十足的炫耀。我把身为龙口人的得意藏在山水之间：屺姆岛实在是太美了。

拉 网 号 子 考

屺姆岛由一个沙坝与龙口城区相连，终成一个半岛。它形成的年代太远了，大概数以千万年计。从此就有了一个美丽的"龙口湾"：从半岛最里端的石崖开始，由沙坝往东南方划出一道弧线，直抵龙口城区，形成了一大片椭圆形的海面。整个龙口湾内外都是优良的渔场。

海岛的西部和北部都是陡峭的海蚀崖，居住了大量海鸥。站在崖上看海，那水清澈无一丝杂质，真正像蓝缎子。如果是阴雨风天，温柔美丽的海又变得黑乌乌的，凝重肃穆。龙口湾东部靠近城区分别有一个客货大港、一个渔港。两个大码头都有几百年的历史了，属于北方老港。

渔船有不同的猎鱼方法：进深海使用拖网等器具；将一面大网抛进一二百米远的海中，由岸上人扯住两端往上拉，即通常说的"拉大网"。在过去，后一种方法才是最重要的，是收获最大、最壮观的捕鱼方式。那时候鱼多，机械捕鱼船还没有，所以"拉大网"的收获常常是十分惊人的，一网就能拉上一座高高的鱼山。

沿长长的沙坝往东，可以一直走到烟台。这一溜海岸线除了有几处被山崖阻断，大半都是可以"拉大网"的开阔沙岸。所以这一段岸线的渔民最多，也最富裕。这种劳动方式已经延续了千百年，直至今日才有了改变：鱼类资源和人力资源同时减少，渔民只好驾小船去深海了。

"拉大网"人多势众，要同心协力就必须倚仗拉网号子。这种半喊半歌竟然演变成重要的劳动艺术，在千百年的豪唱中，其形式和内容渐渐固定下来。从屺坶岛往东几百里，不知要穿过多少渔村，也不知有多少渔场。这沿岸一途下去，拉网号子也多多少少地变化着，从内容到调式都稍有差异。

屺坶岛的拉网号子比起东部，最大的不同是音调起伏变化大，似乎更具舞台表演性。比如它能从最大声的号叫，一转而成小声的数叨，声音由低到高，由急到缓，再一次掀起高潮，然后放声嚎唱起来。

整个号子喊唱的内容与东部差不了多少，核心部分仍旧要提到一个"子虚乌有"的人："二姑娘"。这个"二姑娘"是一个不会衰老的女子，年龄永远在十八九至三十岁之间，在海边活了千余年，至今风姿绰约。拉网号子中直接描述她的文字少而又少，一直重复的不过就那么几句，可妙就妙在每次重复的音调与口气不同、声高不同，再配以长长的感叹、和声，一个活脱脱的形象就出来了。

这个"二姑娘"在号子中大致是顽皮的、俏丽风骚的，还有点小小的邪恶。她极有可能出身于贫苦人家，是个常来海边玩耍或买卖鱼虾的女子。由于夏天拉网的男子通常不穿衣服，所以绝少有女人靠近海边，一旦有个姑娘出现，那一定会引人起哄的。除非万不得已，女子是不会来拉网现场的。这种情景或偶有发生，或直接就是杜撰，是打鱼人为了解除劳动的辛苦寂寞而幻想和创造出来的。从屺峔岛往东至少五十里，沿岸拉大网的人所喊的号子中都有一位"二姑娘"。

"'二姑娘'这个鸟儿啊，不是个鸟儿啊！嘻哉！嘻哉！"这是他们反复喊出的一声独吼、一片和声和长长的感叹。前边第一个分句由一个嗓门最粗最躁的壮汉喊出，第二个分句则由众人应答；"嘻哉"两字是所有人一起呼叫的，节奏感极强。"鸟儿"在此并非不雅的字眼，而是相当于"这东西""这家伙"之类，有玩笑调侃的成分。以前有人解为诟语，是不确的，属于望文生义。后面的齐声

"嗜哉",也有人解为一句脏话的音转,其实也不对。在这里联系全部号子的语境和意涵,可理解为"好家伙"的音转。这是夸张和感叹,是突然看到"二姑娘"出现时,大家不约而同地惊呼。

可以想见,一群身强力壮的光腚男子在拉网,此时此刻出现了一位不速之客、一位光彩照人的女子,他们该是多么惊讶和兴奋。一群人干得更起劲了,完全忘记了劳累。在女性的注视之下,"拉大网"的工作顿生色彩和意趣。

"来一杆呀,又一杆呀!又一杆呀!又一杆呀!"这种一再重复的呼喊,同样是一人领唱,众人应和。对这极有限的内容,统一的解释中仍然未能挣脱淫秽的意思,其实仍旧是以讹传讹。这同样是呼喊中拖腔的音变,真实的字样应为:"拉一绠啊!又一绠啊!"

屺嵋岛东部一带,除了号子内容稍有不同之外,再就是调式的区别了。比如第一句领唱者呼号出的关键词"二姑娘",就比屺嵋人喊叫得尖细悠长多了,极具戏谑意味。而屺嵋人却粗嚎、猛烈、强悍,一直到后面的和声都是如此。这极有可能因为东部沿岸气候更柔和一些,风势一般不大,拉网人也相对舒服懒散,表演性就增强了。而屺嵋岛海风强劲,领喊号子的人除非要大力粗吼,不然就带不起后面的和声。

屺嵋号子的"启网""收网""卷网""抬网",分别有不同的号子。这些号子与东部号子既有相同处,又有很大的区别,除了语句变更,调性也改变了。"抬网"号子加了"往前走哇,到龙口哇!嗜哉!嗜哉",说明从龙口湾西部收网,抬起渔网行进的方向为东,一抬头看到了龙口城区，那里是打鱼人的念想。

在呼喊的节奏与高低变化方面，屺姆号子比起东部有明显的差异。一般来说屺姆号子节奏更强，起伏更大，竟然可以从极为粗壮响亮的呼吼，一变而为悄悄私语，真是奇妙到不可思议。

这种改变的原因在哪里？由于一代代人都是这样喊唱过来的，所以必有一个漫长的演变过程。观测屺姆沙坝内外，一边是龙口湾，这里是主要渔场；一边直接面对了辽阔的渤海。在春夏秋三个捕鱼季节，不是西南季风就是西北季风，而秋末又是猛烈的东北风。这三个季节的风向因为屺姆崖的影响，在龙口湾内外拉网的人常常要"吃风"，就是一张嘴遇到迎面而来的海风。于是当他们喊"嘻哉"时，就要将口型改变一下，这样形成的一片"和声"也就压低了，久而久之成为例行的"悄语"。这不是由谁规定的，而是自然形成的规矩，谁如果不这样喊，就会被指为"棒槌"了。

拉网号子貌似简单，实则千变万化。它的特点是内容单薄，几乎没有几句实在的、语意分明的叙述，却能在极简中表达相当丰富的意蕴。从屺姆岛往东，号子变化越来越明显；往北，则是渤海湾中的桑岛和长山列岛，那里的拉网号子又是另一番风味了。

鸟之倔强与幽默

屺姆岛上的鸟儿可真多，除了一群群的海鸥，还有数不清的其他种类。相处久了，会发现它们的性格与人一样，也是明显的、千差万别的。它们因为飞翔，离开地面，常常被人忽视了心情，不太在乎其喜怒哀乐。除非近距离接触，谁也不会注意一只鸟的心事。在岛上，只有养鸟的人才会知道自己的鸟高不高兴，喜悦或者忧郁。

岛上的麻雀是一种很倔强的鸟。它们照理说离人最近，哪里有人哪里就有麻雀，几乎与人非常亲近。但是它们其实极度追求自由和自尊。如果将一只成年麻雀关在笼里，它会气愤不已，无论喂给多好的水和食物，它看都不看一眼，直到绝食而死。不自由，毋宁死，这就是麻雀。有人为了讨孩子欢心，曾捉住麻雀让孩子把玩，谁知它一落入孩子手中就开始大口喘气，一会儿就气得昏厥倒地。

还有一种蓝翅小鸟，一旦被囚禁就会频频撞击，直撞得头破血流，气绝而亡。

鸟儿习惯了空阔，自由是最起码的条件。任何鸟儿都极度依赖自由，除非是从小奴役驯化的畸形宠物。

岛上的鸟儿怎样看待渔人，这是一个谜。鸽子和喜鹊、猫头鹰、蓝点颏、游隼等等体积及生活习性迥异的鸟类，对人的看法肯定是不同的。鸽子和鹰一旦驯化，可以当人的帮手，它们和猫狗的作用几近相似。鸽子温柔可人，长时间偎在主人身边休息，光润的额头引人抚摸。鹰的锐目和铁爪能够帮人狩猎，乐于显能。而大多数鸟儿是无法驯化的，它们从不与人为伍。

一群喜鹊守住一树桑葚多年，每年夏秋季节都要饱餐这些甘甜的果子。当有人来采摘时，它们就怒不可遏，在一旁围攻，叫声不绝。从声音上判断，一定夹杂了许多谩骂。

我在岛上住了十天。有一只不知名的大鸟，在长达一个多星期的时间里，总要于凌晨四点左右踹我的屋门。它的蹄脚壮实，踢在门上，的确有踹击之力。那在凌晨响起的门板震动声，总是将我惊醒。我后来明白，它是凌晨即起，而我一直睡懒觉，它实在看不下去了。

还有一只花斑啄木鸟，总在午餐时偷看我吃饭，在窗外探头探脑，一副做鬼脸的样子。当我开窗找它时，它就躲开；我重新坐下用餐，它就再次探头。我将食物放在窗外，它就低头看看，仿佛在笑，不动一口。它吃的东西与我吃的当然是完全不同的。

有一只又大又胖的花喜鹊也多次在窗前逗我，它也选择了午餐的时间。

一只大草鸮面阔如小儿，站在黄昏的光色里。这样的光线中它是能够看清对方的。在离我几米远的地方，它竟然一动不动，从高处看着我，一对大眼睁睁闭闭。由于它的脸部被细密的羽毛遮住，所以我无法看清细部表情，却分明感受到它的幽默意味。它好像在说："伙计，你该睡觉了，我该干活了。"

散步时携回一只受伤的大斑鸠。这种大鸟像鸽子，也就像对待鸽子一样对待它了。它伤好之后，我为了防止它飞掉，就用胶布粘住了一半羽翅。它在屋里乄着双翅，像推小车一样来来去去。当它玩累了时，就伸出长长的喙，一下一下摩擦我的手背。这种痒丝丝的感觉让人实在受不了。这种亲昵和友谊深深地打动了我，我就解开了它身上的胶布，抱着它来到海蚀崖。我是在崖上遇到它的。

　　站在崖畔，放眼碧海中的点点舟影。它在我掌心站了一瞬，转眼展翅而去，化入空阔之中。

古镇随想

在四川与贵州、重庆交界处有一座古老的小镇，叫"二郎镇"。它处于三区交界的边缘，锁在重叠深山中。

踏上这里的街巷，身处有些突兀的静谧，令人忍不住猜想：这里太远了，究竟有哪些多情的趣人到过这样的镇子？这里又为何热闹起来，涌动着不息的人流？

古镇有许多时候隐在浓雾中。雾幔扯不掉，它就长时间挂在山的半腰。峰峦秀丽，一色灰白陡立的石壁，青翠的山顶。一道深水从山间流泻而过，那是声名远播的"赤水河"。镇子建在河边有限的平地和山阶上，随意自由。

我们漫步其间，想象这座镇子生成的种种缘由。它首先是当地山民的祖居地，因为随便一方水土都会诱惑生民，成为他们休养生息的地场。最早那一条条蜿蜒小路是山水冲刷出来的，再由人和兽一天天拓宽。无数生命的痕迹就这样连接起山里山外，沟通了一个越来越大的世界。

在外地人眼里，这里偏僻而幽美，也许最适合做隐居之地。现代人的确陷入了新的窘迫，深刻感受着文明的挤压和追逐，说不定会逃到这样的深山僻地里躲藏起来。但是在遥远的农耕时代，是否也会有这样的隐士？他们又为何而来？为避祸，为求悟，为放浪，为修行？

山川大地之上，人就像种子一样撒开，然后顽强地生长。人与山水相依持久，渐渐生出浓烈的情感，好比母子之情。在深壑高岭之间，一代代人开拓雕琢出一方方小小的田园，上面长出一层嫩嫩的葱绿。

这种人与山的相守多么辛苦，多么寂寞，又多么超然安静。这里的劳作和收获，与大山之外当有许多不同。就为了品咂山中岁月，让其变得更有滋味，他们慢慢开始了酿造。这里的河水格外凌冽清新，粮秫最为单纯饱满，思悟愈加内向深沉。三者合一，日日演练，于是好酒出世。

世人都知道赤水河两岸是美酒的滋生地。随便扳着手指数一下，就能吐出一串串名酒的名字。

饮者说：在漫长而又短暂、悲伤却又欢娱的人生之路上，如果没有了美酒陪伴，那还了得。或许果真如此，于是就有了这样的酒香浓烈，代代不绝，赤水河一带已成为海内外神往之地。

二郎镇人造郎酒，技法灵异，如有神授。他们在大山里找到一处奇怪的天然溶洞，它竟然分成上下两层，阔如神仙厅堂；洞内四季常温，正好用来囤放酒瓮。那一排排黑色陶瓮就安歇在大山腹中，不管世外风雨吹打，只默默孕育自己。待度过了几十年上百年，它们才开口吐香，一瞬间醺醉了整个世界。

走在二郎镇的古街上，踏着百年前的石阶路，一层层往上蹬去。两旁是木墙青瓦，是来历深长的建筑。整个一条街巷渍痕斑斑，简直就是一首写在大山深处的七律，或者是李白《蜀道难》那样的长吟。被乳雾浸染成暗红色的木墙，脚下滑腻的石头，都给人神秘幽深的感觉。攀登时人要大口喘息，这时满鼻满腔都是酒香。因为镇上人已经酿造了几百年，天长日久，这里的一切都被醇酒给笼罩了，化成了朦胧一体的美酒世界。

外地人在这里一边吃着山菜，一边饮酒思源。

喝过酒再来赤水河边，端量着比它的名声小了许多倍的深色水流，自然要问来问去。当地人手指两岸裸出的河道、被流水切割出的道道深痕，言说往昔的争战和大水故事。这里是码头，那里是航路，首尾不断是盐船，欸乃声声帆影远。不远处的自贡为古老的盐都，赤水成为要途，所以才有深山里的繁华和忙碌。盐使山地有了重味，酒令劳民多了品咂。

航道、战争、美酒，这三样事物加在一起，就不再是寂寞边地了。人类历史上还少有比这更富戏剧性、更多蕴含了诗意的天然组合。多少篙橹，多少弹痕，多少沉醉，多少爱与恨。时间就这样弹指而过，一闪就是百年，连那些活生生的记忆也变成了飘忽的神话。而今这河道上，只有坚硬的石头还在，上面刻满了细密紊乱的水痕，让后人阅读不尽。

当一切故事消失之后，古老的酒瓮还蠢在那儿。它是深山溶洞里的珍藏，是秘而不宣的滋味。对于无法度量的时光而言，我们常常觉得也实在只有痛饮一途了。大山幽处有琉璃，云雾层叠生兰花；鞭马难上九重岭，回头一盼是古刹。那就在这里安营扎寨，与默默无闻的日月长相厮守吧。

打开一瓶封存五十年的老酒，从中品尝千古赤水。主人解释着"酱香"二字，令人遥想起东方人情有独钟的"酱"之使用。无酱不炊，颜色深邃，百炼成膏。一个"酱"字绘出了中原，荤素不论，蔚为壮观。一瓶酒即牵出千万条文化的长丝，好比做酱的人挑开了一坨酵豆，低头深嗅无法言说的民间气息。

人偶有长饮和沉醉，以感受美好和虚幻，眼神明亮，心情舒畅，长于忘却短于记忆。人需要这清纯而浓烈的液体，这古怪又辛辣的芬芳。

望遍赤水河畔，全是酒坊；探过无尽街巷，无非醺香。我们踩着湿漉漉的石板路，一直登上古镇最高处。引领者一路指点战争旧痕、盐船泊地、异人事迹。不远处是颜色深沉的芭蕉叶子，它们谦虚地垂着，和我们一起倾听。

我们在二郎镇宿了两夜，然后离开。

同行的人当中没有一个是酒徒。

难忘观澜

"观澜"是深圳市内一个村子的名字。这里如今已成为海内外版画家的云集之地，所以人们都叫它为"观澜版画村"。

从深圳的高楼林立之间走出来，忍不住要长长呼吸一口。然后就到了这个村子，它就藏在市区之内，车子三拐两拐就到了。搓搓眼，一个愣怔：这是到了哪里？满眼的黑瓦白墙，一片静谧。下了车，两脚马上踏到了陈年石板路，路两旁全是一层两层的古旧民居，一眼看上去就知道是原貌故态，而不是后人仿盖的。一股浓郁淳朴的气息像老酒一样挥发出来，让人产生了醺醉感。

迎面有一棵大菩提树，它立于村子大街正中，枝叶繁茂。这棵树像有一股巨大的吸力，让所有人都靠前停下步子，行注目礼。它是这个村落的灵魂，已经在此地生长了好几百年。

我的心静下来——不是刚刚从闹市带来的那颗躁心静下来，而是将许久以前的、潜隐的浮躁悉数安抚，变得平平静静。这儿有一种罕见的能量，这能量可能就潜藏在这棵大菩提树上——还有四周,这片安然自如的民居街巷之间。

在这个世界上,我是说那些海内华埠、繁荣都市,都应该葆有这样的一片清静温煦才好。现代人以高耸层叠和奇形怪状的建筑为能事,移植沿袭,竞相追逐,气喘吁吁。伴随这类建筑的一定是从西方抄来的各种游乐,是彻夜不息的放肆嚎唱,是大型舞台上扭动蹿跳的花男绿女。

东施效颦的激烈与轰鸣,成为一场热病之源。在阵阵鼓噪声中,劳动和创造的生命一天天被耗尽,收获的却只有一丝肤浅的、转瞬即逝的所谓"幸福"。

就为了建起一座座时尚之都,无数的"观澜"在消失,而且不留一丝痕迹。从南到北,一座座百年村屋被摧毁,连接童年的长巷业已推倒,标志和象征着一座古城的钟楼被炸掉。文明传承正处于危险的时刻。

心怀恻隐的旅者来看看观澜吧,你也许会在这里得到一点启示和安慰。

观澜除了低矮的民居,还有两座高起的建筑,那是矗立了上百年的碉楼。这就使整个小村呈现出另一番情致:既有贴近土地的朴拙生存,又有努力向上的抬头仰望。

刚拐出一条巷子,转身又是一道窄门:入门是一处芭蕉低垂的院落,院里有炽红如火的三角梅在盛开,有石桌,还有一口古井。

一个身着素衣的男子从一间屋里走出,垂着两只粗手,是从版画作坊里出来的师傅。原来这里不少房子虽然外部形制依旧,内里却被版画艺术家们使用起来，作了创作室和印制车间。

多么古朴沉寂的村子，这里的一切简直随处都可入画——艺术家们置身其间，不是有福了吗？他们在此地挥洒灵感，凝思，养气，一切都再好不过了。

就因为有古村落的气质笼罩一统，有那棵大菩提树的安定守护，所以尽管与商都大埠近在咫尺，空气中仍然没有染上什么异味。如果它的明天仍如今日，喧嚣止于白墙黑瓦，那么这里就永远有着诚笃的向往，有着神圣的朝拜。

一个金发碧眼的女子，来自西域，是个版画家，在这里产生了自己的得意作品。看她一手卡腰，一手揽住村里的同行，笑着，留下一幅照片。

鲁迅当年曾为版画在中国的复兴热情呼唤过，据说先生当年鼓励过的一个青年版画家，就出生在这个小村里。

我不由得想象：鲁迅穿着灰布长衫，手持香烟走在观澜的石板路上，仔细地瞧着这里的一切，满眼都是欣慰。

温柔的绿山

使我心动的，不是这几个围拢一起的牧者，甚至不是他们的骏马；因为马上有鞍子，有缰绳。我不太喜欢这些牧者，不喜欢他们遮在阴影里的脸庞；还有，我不喜欢他们臃肿的背影。在我眼里，他们不像是淳朴的劳动者。

放眼远望，看到的是那些轮廓极为柔和的、蒙了一层绿色绒毯的山脉；凸起的高地、丘陵，线条都同样柔和，它们全部遮盖了一层绿毯。天地之间少有的一种和谐与美，呈现在面前。

这片给人以许多想象的山地，除却眼前的一幕，几乎再没有什么疵点。可怜这两匹被戴上了缰绳、拴上了马镫的马。它们是银灰色或白色，正在那儿低头觅食；还是那么美丽的眼睛。它们本该属于远处的山脉、蓬蓬绿野。可惜它们身上有了铁环、绳索；这绳索从它们的头上一直延伸到那几个半躺半卧的骑手那儿。是的，我看清了，他们是骑手，而不是牧者。这是几个骑在它们身上来往奔走的人，而不是呵护它们、伺候它们饮食的人。我对于今天那些变质的骑手早已失去了尊敬。

我不止一次遇到类似的骑手,得出的都是同一个结论。这些人身上的烟火气太重,散发着刺鼻的气味,不得不让人小心地躲开。

我把目光转过去,望着远处的群山,享受和感知它的温柔。它们传递出的是一成不变的故事:大地的故事,山川的故事。

山脉的另一面,是引人遐想的灰蓝色——这大概是因为远处的雾气所致。在这个季节,站在山脉前,会被深深吸引。一个渺小的生命面对了它,面对了大山之后的大山,不由得要想到这亘古未变的风景背后,还隐藏着一些什么神秘。真正的英雄大概在山的另一边,在浪漫的想象中。

过去的记忆中,远山一派空灵,或是天蓝或是碧绿,有时甚至闪射五彩。它有丰富的宝藏,有仙女的故事,钻石的故事;如果深入其中,还将有各种奇遇。而一旦真的走近,你就会被粗糙的褐色,被再现实不过的砾石和沙土给弄得失望和懊丧。一切都跟平常看到的差不多。土岭,山丘,发着锈斑的石块。进而是寒冷的风,或者是湿气。没有可爱的动物,没有那么多鸟。在山风里抖动的茅草、灌木,一切都了无生气。这时候如果有人在岭后高高地唱上一句山谣也好。没有,什么都没有。

就怀着这种失望和希望继续往前。翻过了一座山又一座山,几乎没有个例外。山脉给人的是汗水、艰辛,是历尽辛苦一无所获的那种平庸无奈的笨拙感。

这就是我以前走过的山地。

而眼下却是完全不同的景观。从脚下到前方，到更远的地方，全是一个颜色：绿色。我相信眼前的山脉，只存在于高原和边陲；它的轮廓，在阳光里闪烁的一面，还有在阴影里的暗绿色，是任何巧妙的画笔都不能摹绘的。我甚至怀疑，这么完美的一片山色怎么能容纳眼前的一帮骑手？他们的背影看上去显得拙劣，远不够干练，远没有我想象中的那种风尘仆仆，那种苗条俊逸，更谈不上骠勇和英武。

当然，我太苛刻了；也许这不是我的缘故，而是因为在如此完美的背景衬托下，我变得过于挑剔了。

眼前的图片如同传说，如同歌谣。这令我很难把现实生活和它们拼接在一起。那会是一种蹩脚的拼接。它将破坏整个画面——我不忍在古老的山脉面前添上几个世纪末的骑手，这让人有点黯然神伤。

我无法遮掩自己扫兴的情绪。也许我眼前的这几个人解下马镫，解下骏马身上的绳索，回到拥挤的街市上才更合适一点。

美好的自然，山脉、骏马——你们给予我的太多了。是的，我和我的同类该变得何等洁净，才配与你们为伍，才配走到你们身边。

山川大地永远不会拒绝那些辛苦的劳动者，那些四海为家的旅人。因为旅途上的风雨，还有不间断的劳作的汗水，会洗去他们身上的臃肿和俗拙。他们每次都能化入自然风物之间，不是成为一个刺眼的点缀，而是与之完美结合，成为不可缺少的一部分。他们无论站立、躺卧、行走，无论是身负沉重的背囊还是徒手而行，无论是匍匐在地忙碌，还是坐在那儿歇息，悠闲地抽一个烟斗，大地山川都会以她过人的温柔包容接纳他们。她只认他们为同类，为自己的儿女。

关于大山和草原的故事，已经很多很多了。关于骑手的故事，也已经很多了。可惜这些故事往往不是现代的。

在世纪末的草地和大山之中，我们艰难地寻找着诗意的人生。

山地之光

　　我站在山脉分水岭的阳坡上，所以脚下的河水正向身后流去，尽管只是涓涓细流。如果不看背囊里的那张图，真弄不清这条河的名字，也不知它流经哪些地方。但我相信眼前的这条山脉就是它的发源地。河水由东北向西，最后又转向南。我想它只是一条大河的分汊，上游不远处一定汇入好多支流，成为这样一条大的河。在整个山区，那些季节河总是宽得惊人，可见在多雨季节水流曾经多么凶猛。它们切割岩石，拓宽河床；只要河水一冲出那些起伏的山岭，就变得更加狂放不羁：它们把一片片黑土剖开，把从山顶上携来的泥沙到处播撒……当时的情景一定壮观得很。不过现在正是枯水季节，河床大多干涸，只留下厚厚的一层沙砾，上面长满了各种各样的植物，其中最多是柳棵灌木。乔木在这儿长不起来，结果就形成了一片浓厚的灌木丛。像小钻天杨、健杨等，都冒出了一丛丛新枝。河岸上偶尔还能看到一两株长得很壮的箭杆杨和毛白杨。靠岸的地方，那些干枯的、上一个季节留下的草密挤一片,像棒头草、日本乱子草,还有看麦娘、梯牧草、青茅、假稻……几乎应有尽有。一丛乱草中间长了一株知母——天气渐渐转暖的时候,它开始吐放出粉红和淡紫色的花来,非常美丽。离开河岸远一些的山坡上,还可以看到叶子泛绿的萱草。萱草是山区里最漂亮的一种花儿,我记得有一年曾在东部山区的一个坡地上看到了迎风怒放的一片重瓣萱草——那真是美到了极致。那一次我在这片花前竟待了许久,一时不舍得离去,一瞬间把什么都忘掉了。这是一个人在艰苦的野外生活中所能得到的最好赏赐。类似的美事会长久地留在记忆里,比如说一拐山角,突然看到一只从未见过的彩羽鸟儿、一颗引人流口水的紫红浆果……所有这一切,都是对旅人的犒赏。

眼下还不行,春天刚刚开始,天还有些冷。可眼前这片山地已经孕育出无限的生机,我亲眼看到一群又一群的大山雀在刚刚发出绿芽的柳棵上鸣唱,尾随它们的有麻雀和小个头的柳莺。我甚至听到了头顶有云雀在歌唱,它让我心头一动。这歌声啊,总能使我想起小时候茅屋上空的那只鸟儿!是的,在东部平原上,在我的出生地,几乎每天都能听到云雀的歌唱。

有一只大隼在高空遨游——我走了好久,它还仍然在头顶的那片蓝天上。有一只金腰燕斜着翅膀从山谷里滑翔下来,它们最后在小得可怜的一湾水那儿落下,当我离得近了,它又赶紧飞开。一切都在显示着苏醒的魅力;而在大雪飘扬的深冬,这儿所能听到的只有长耳鸮的叫声,偶尔看到一两只野鸽。季节无可遏止地轮换流驶，再有不久就会有野兔从干草里箭一般蹿出，有黄鼬在路边灌木丛里闪动锃亮的眼睛。一般而言，像野兔、黄鼬、刺猬、草獾，甚至是小狐之类的小兽，通常都是很多的。我留意观察了河堤岸，如果那儿有新掘的土洞，那肯定是草獾了。正这样想着，果然有一只草兔从前边蹿出，但它没有急驰而过，而是在前面十几米远的小路上停住——它灰白的肚腹和胸部让我看得清清楚楚，两只又长又肥的耳朵前后抖动几下——它在观察我，足足有四五分钟的时间，两只前爪一直提在胸前。我和它差不多同时停下，相互遥遥地注视了一会儿，直到对方把身子往旁一斜跑开。它跑得不慌不忙。我想这大概是一只整个冬天都住在很好的洞穴中、没有忍饥挨冻的家伙吧。

　　旁边的河流越来越窄。越是接近那道山脉，来自各个方向的河汊就越多越密。所有的河汊都源于山脉主峰。随着大山皱褶的逐渐延伸，它们形成洄流……时间是半上午时分，整个谷地里显得空荡荡的。远处，山脉阳坡上一片苍茫，那些不知名的、看不清晰的各种灌木在太阳下闪着淡黄色的光点。近处的植物主要是刺槐丛和紫穗槐；偶尔能遇到一棵乔木，大都长得细瘦矮小。灌木林下是干枯的佛头花、鸢尾科植物。一棵棵枸杞上面悬着干结发黑的果实，它的旁边是心叶报春。我蹲在了那儿，嗅着它淡淡的香味儿。这种花可以开得很久。

　　山坡开始陡峭，荆棘也多起来，往前走开始变得艰难了。这儿平时显然没有多少人走过，甚至找不到一条小路，下脚需要格外小心,裤角已经被棘针撕开了一些小口子。

整个河谷一带过去曾经是一片广阔的熔岩覆盖层,如今被年复一年的大水冲刷切割得支离破碎。在那些水汉之间,一棵又一棵矮小的树木伫立着,显得孤单无望。站在山坡上往西南方遥望,刚才走过的河岸阶梯已经退到了远处,窄窄的水流变成了一条明亮的带子,在大山之间无奈地飘荡。

太阳变得越来越热,冷空气开始被驱散。在河下游,一直弥漫的晨雾也变得无影无踪。整个山阳坡变成了一片金黄,那是干草被冬雪和秋霜洗成的颜色,正在太阳下散发出闪闪光泽;有的地方是浅红色,给人一种极其美丽和温暖的感觉。更远的谷地里,这会儿有什么发出"嘎欧嘎欧"的叫声,伴着它的是其他野物奔跑追逐发出的嘘嘘声。一些不知名的小虫子在干草间鸣叫、在灌木枝杈上起起落落。我不止一次把脚下的石头踢翻,然后就会听到它们顺着陡坡滚落,发出"噼里咔嚓"的迸溅声。滚石往往把草丛中的什么动物给惊吓出来——它们与石块一块儿跳跃的样子,真让人好笑。

我终于在正午时分踏上了最高的一座山峰。

分水岭那儿,光秃秃的石头被什么给弄得一片狼藉。岩屑散落,像是有一群不安分的人在这儿不停地敲击过。我甚至听到了那一阵钝钝的、消失在历史烟尘中的开凿声。这一座大山经历了什么,看到了什么,又有多少过往的行人在此驻足?我向山脉另一面望去,看着依次降低的丘陵,这时它们都隐在了一片苍茫之中。

自己正踏向去往东部山区的必由之路——在连绵丘陵之间，我差不多看到了自己往昔的脚印，看到很久以前的自己：像一只疲惫的袋鼠，正携着沉重的生命跳跃在山壑之间……一切都真实无误，我几乎是不知不觉地、一步一步走向了东部的山区和平原，走向了我的出生地。

两个岛屿

　　它们是在这个犄角行政区划内的两个岛屿：一大一小，大的实际上也小得可怜，大约只有两平方公里左右；那个比它更小的岛就在半里之遥，是它的卫星岛。这两个岛与犄角离得很近，大约只有一刻钟水路。大晴天里，站在海边看去，那两个岛屿近在咫尺。

　　岛上的人要到大陆来，大陆的人要到岛上去，结果在水上交通很差的年代里，就发生了很多悲惨故事。午夜接送病人，新婚夫妇往来……总之围绕这一类的事情常常发生一些可怕的灾难。也正因为这样，那么美丽的两个岛，直到现在还有人惧怕去那里居住。出于自卫和自守的心理，岛上的姑娘也不轻易嫁到岛外去。而这个犄角上的姑娘没有极特殊的原因，也是不会嫁到岛上去的。

　　岛上百分之九十都是渔民。男人出海打鱼，生来就是这样的命运。女人在家里补缀渔网，料理家务，或者种一点小得可怜的菜园。男人的性格个个强悍粗放，而女人却出奇地绵软贤惠，几乎个个如此——起码在我所遇到的人中，是个个如此。

读高中时候，有一次为了完成一个写作任务，我和另一个同学在海岛上住了半月。我们同班的一个女同学恰恰在这个阶段因事返岛。她很高兴我们能来岛上，特意为我们逮了不少螃蟹，采来海贝和各种海菜——记得她当时提着一个瓦罐，瓦罐的系子是草绳做成的，就这样把煮熟的海鲜提给我们。

彤红的螃蟹，以前从未见过的大海贝，冒着热气的瓦罐，一起摆在桌上，鲜气逼人。她在旁边微笑，很少说话。偶尔说一句，声音软得像南方人，可又比南方人更低更细。

她那双美丽的眼睛看着我们。我们把她的礼物打扫一空。

后来我们大约两三次跟她到海岛的最东部去玩。那儿退潮时有一片青色的石头，搬动那些大石头就能找到螃蟹，甚至是海参。海参是这一带最珍贵的海产品，它不同于南海和东海，以及其他各地的海参。在人们的印象中它是最名贵、滋补性最强的一种海珍。记得那一次我捉到了一只海参，握在手里不舍得丢弃。可只过了一会儿，张开手掌一看，它差不多全化掉了。

后来，高中还没有毕业，我就去了南部山地。我成了一个山里人。

再后来我又去更远的地方读书，反正是离这个犄角越来越远了——当有一天我归来的时候，站在海边，看着海雾蒙蒙中的那两个岛屿，突然想起了当年那位女同学。

我发现自己今天还在怀念她。我记得以前从山里回来时也曾想起过她。

人的一生最大的幸福也许就是争取和真正温柔的人生活在一起。生活的风雨总是太猛烈了，在这种猛烈中，应该有那样的一个人在身边。

我多次去那个岛。过去的一切痕迹大约都在：岩石，稀疏的麦苗，还有靠在海湾里的大船，铁青色的大船，一闪一闪的灯塔，忙碌的头上包着纱巾的女人——此地唯独没有她的影子。

她离开了，她到海岛以外的地方去了，到很远很远地方去了，带着她呵气似的声音，带着她绵软的性格和那一双特异的美目。

我为什么没有及时返回？坎坷的生活啊，人要挣扎，一挣扎就要耽误重要的事情……

那个卫星岛听说至今没有一户人家，是个荒岛。人们为了海难救助，曾在岛上盖了一座茅屋。后来茅屋也塌掉了。有一段时间听说岛上有很多野猫，又过了一段听说猫也没有了。

我要到那个卫星岛上去，渔民说不行：两岛之间有一股激流，除非绕过这股激流，绕很远才能到那儿去，很麻烦。

岛上只有一口淡水井，却是一口最甜的井：犄角上所有的井都比不上这口井甜。

有个依岛

我在初中一年级的时候见过最小的一个岛，它叫依岛，就在渤海湾里。我去这个岛是因为这之前总有同学向我吹嘘，说谁也不敢去那儿、它有多么了不起之类。结果我就去了，结果也就遇到了不少怪事，还差点死了人。

我们是瞒着大人偷偷坐小船去的。绕过四五道激流、三处礁石，一口气爬上小岛。真像探险一样。这里真静，连海浪拍岸声都没有。到处是小叶杨和紫穗槐，还有爬蔓的荆条。

原来它三面环礁，只有南边是细白沙滩。离南岸不远竟有一座小屋，很旧。我们赶紧跑过去。离它十几米远时，突然有什么从窗户和大敞着的门呼呼蹿出。原来是一些猫。真是猫。大家叫起来，天啊，这里有这么多猫。它们在不远处探头探脑，就是不过来。有人抛过去吃物。它们犹豫着出来，吃完了就看我们。大家争着给它们吃物。

结果所有的猫都跑出来，足有五六十，再后来大概有一百多。

原来这是一个猫的世界。而当时别处都在大把大把撒耗子药，想找到一只猫可难了。

　　它们多美，一个个干干净净，花纹鲜亮，两眼水汪汪地看我们。大家开始议论这些猫是怎么来到这儿的，想不出。不过都知道它们来这儿吃鱼。

　　看了一会儿猫就进了小屋。这么好的地方，炕，小锅，劈好的柴码在那儿。这都是谁弄的啊？有同学说这是渔民们许多年前盖了的，就为了避难。什么难？海难。船在海里遇上大风，有时怎么也回不了家，就到这个岛上来。我们想象：外面大风大浪，小屋里呼呼煮鱼。真棒，让我们也遇上一回这样的海难吧！

　　天越来越热，中午我们一头扑进水里。游泳，还想逮一条大鱼，放在那个小锅上煮。

　　果真有一条扇形大鱼贴着沙底游过来，大家欢叫着扑去，一齐围堵。大鱼乱蹿，后来不知是谁踩住了它——他刚刚高兴得喊了一声，然后就嚎，嚎声吓人。他的脚肯定被鱼咬疼了——他也太娇气，一边叫一边倒下了。

　　我们赶紧把他从水中扶起，他还是嚎。抬上岸一看，这才发现脚内侧有一个不大的红点。没有流血，但四周好像生出了几道红线。他咬咬牙说：我就要死了。谁也不信。他又说：刚才我是被土鱼蜇了！

　　同学们一听都哭了。因为海边上大人小孩都知道：被土鱼蜇了就活不成。天哪，那是一条土鱼！

正哭着，突然一个最矮的同学急急咕哝：以前听爷爷说有人就在这儿被土鱼蜇了，那人剩下了一口气，还是爬进小屋里，掀开炕席子找到了一包东西，就活了……

几个同学对视一下，马上抬起受伤的同学往小屋跑。进屋立刻掀炕席子，到处掀——真的找到一个纸包——里面有一撮灰白色的粉面。

粉面搽上去只有半小时，伤口四周的红线消了。受伤的同学一抹泪："我活了……"

离开小岛已是下午，猫齐齐地站在岸边。我们这才想起要捉一只带走。没门。它们大概害怕岛外的耗子药，死也不跟我们走。

回去后，我们最急着弄清的就是纸包里的秘密。大人们摇头，我们还是问。最后一位老人被缠得发急，只得告诉：那是小姑娘——十几岁的小姑娘剪下的小辫，焙成的粉——只有这粉才能对付凶狠的土鱼，这是老辈传下来的方儿……

如上是一个真实的经历。几十年过去了，我还是无法忘记那个荒岛、美猫与凶鱼。特别是关于伟大的小辫——这是真的吗？

沙

没有什么比它更常见,我从小到大,一睁开眼就看见沙。细如粉末的沙,粗沙,望不到边的沙原,高高堆起的沙岗。在白得像面粉似的细沙滩上,留下了多少记忆。那上边长出的一丛刺蓬,一株槐树,特别是春天里刚刚生出的小桃树苗,在暖融融的沙面上蠕动着的一个甲虫,都那么生动感人。沙滩和潮棕壤、褐土壤所不同的,是它更适合嬉戏、躺卧,它真正是童年的无边的席子,是他们的大炕和被褥,是他们欢乐的温床。

这片犄角有很大的一部分是由沙子组成。在邻近海洋的地方,在犄角北部、东部和西部的边缘,都是各种各样的沙子。还有,在滋生树林和灌木的地方,也往往有很多沙子。

一年冬天,我看到一支"深翻"的队伍在无边的沙原上开始了挖掘。他们挖出一排排的长沟——原来几米之下就是乌黑的泥土。他们把泥土翻上来,把沙子再翻下去,这就是所谓的"深翻"。一条一条深沟挖开来,后面的沙子正好倾进前面的沟底,这样轮番倒腾，就有了一片黑色的泥土——付出了多大的劳动，可是一片黑壤竟然造出来了。在这上面几经改造，不久的将来又会出现一片真正的良田。

如今已经很难寻找人们用手营造的那样的良田了，倒时常可以发现沙子的珍贵。原以为取之不尽的沙子，竟是一种奇珍异宝。有人花高价让人从海岸上偷沙，偷到海港，然后一船船运走。运到何方不知道。反正玻璃厂、建筑工地，到处都离不开它们。那些偷沙者有许多发了财，他们就像西部偷猎者那样面目可憎，躲闪着追捕。在夜深人静的时候，常常是下半夜，他们才把车开到海滩上去偷沙。天亮时分，那些巡视的看护人会看到一个又一个湿漉漉的沙洞。

有人曾觉得保护沙子十分无聊，认为沙子反正是海浪从大海深处推拥上来的，取之不尽。他们不知道沙子也是一种十分有限的资源。实际上，它是由千万年的河水从高山上一路冲刷到大海里的，大海再用左右漩流把它们推到岸上——这就形成了所谓的海岸沙坝。

据那些管理沙石的人讲，沙子的优劣差别很大。比如这个犄角北部的一些沙子，可以说是世界上最优质的沙子之一。这是指制造玻璃器皿和搞建筑而言。它们纯度高，含土少，随便抓起一把在水里一淘，即会发现每个颗粒都晶莹剔透，让人一下想起珍珠。从北往南，整个的沿海一带沙子越来越细，越来越白。这是由于细细的沙尘更容易被吹动，它们随着北风南移，渐渐覆盖了一片膏壤。这就是细沙的来源。它们是大自然的威力，是筛选和摆布而成的。这种粉细的白沙有着更特殊的用途，也仅仅为这个犄角的北部所独有。

我在许多地方都很少看到这样大面积的粉细的白沙。这样的白沙上所生出的每一株草，每一丛灌木，都显得格外绿，格外干净和清爽。我看到：就在这样细细的白沙地上，播出了一片又一片的红薯、花生，甚至种植了葡萄、西瓜和其他水果。这儿结出的任何一种水果都有超乎想象的甘甜和香气——因为沙子把阳光反射出来，把光和热分赠给水果；原来这儿的土地上所生出的植物，都可以获得阳光双倍的恩惠。

夏天的正午，人们不敢赤脚在沙地上走，到处滚烫烫的。还有，即便戴着斗笠，不长时间皮肤也会被沙土烤红。每个人都变成了烤红薯，回到阴凉下彼此看一眼，都觉得对方比过去可爱。

地有三分

这个犄角总的来说属于半岛的一个角落，一个边缘，只是它更加凸出在海里。然而要仔细划分起来，它的整个面积有三分之一属于山地，三分之一算作丘陵，三分之一则为平原；另外还有两个岛屿，有它自己的一个半岛。自然地貌的主要属类在这儿被悉数囊括，所以它是一个完整的、自给自足的世界，它有自己的丰富性和多样性。不仅是物产，而且还有文化和风习的互补。比如山里人和海边人，口音相异，举止做派与志趣都大为不同。山里人强悍保守，而海边人灵活多变，时髦，也多少有些傲慢率性。所以当地人流传着"山霸王海贼"的说法。而中间的丘陵地带，由于同样像山区一样，有一些凸起的岩石，人要爬上爬下，所以生活起来就更多地像个山里人，他们也自觉地把自己归于"山区一族"。犄角的边缘才是平原，而平原上的人格外富裕和强大。他们差不多自成一个世界，是犄角上名气最大、最具有代表性的族类。他们无论年长年幼，一概将南边山区的人叫作"山里老大哥"。由于过去交通不便，山里人很少吃到海鱼，沾不到腥气，这在海边人的眼里也就分外可怜、愚笨和不够开化。而沿海一带的人有鱼类的帮助，磷和蛋白、钙质吸收得多，就似乎有体力和智力上的优越感。他们往往是开放的先驱，是风气的制造者和率领者，往往最早享有一些洋玩意儿。

其实山里人也有自己令人羡慕的优势。比如说山里人更长寿，更老实也更本分，人事关系也远不像海边上那样混乱。山泉的甘甜，山果的鲜美，这都是平原人难以享用的。

土地生人，改造人，教导人，决定了人的一切。所以我大致可以说犄角上有三种人，他们分别是平原人、山里人和丘陵人。

作为土地过渡带（丘陵）的这一部分人，在最近几年变得越来越像平原人了。而真正的山里人却变得很慢。奇怪的是越来越多的从海边上到山里工作的人愿以山里人自居，动不动就说："俺是山里人。"可是族居的山里人却往往回避这个词儿。

近几年山里发现了金子，平原上的人就进山帮他们开采，连犄角之外的人也远远赶来了。金矿四周盖起了一片又一片别墅。也有很多人死在大山里。

而很早以前，山里人认为海边上才是最危险的，因为许多打鱼人死在了海里。现在他们才知道，大海和高山对人都是一样的危险。

丘陵地带的人在漫坡地上一辈又一辈耕种土地，悠闲而贫困。但他们今天越来越不安分。

他们过去是往北，现在是往南——去寻找那种危险。

半　岛

　　它从犄角上伸出来，像一把剑柄一样插入大海，结果构成了这个犄角上的半岛。我们字典中有一些字是专门为一些地方而造的。比如说"屺姆"两个字，就是为这个半岛命名。自己的"己"，母亲的"母"，各加一个"山"字，就构成了它的名字——"自己的母亲"。当地传说：自己的"己"本是寄托的"寄"，是远征的将士把母亲寄托在这个半岛上的一户渔民家里，然后出征打仗——名字即缘此而来。我觉得并不可信。但岛上的现代人还是为这个出征的将军搞了一个石雕像，并且为他从典籍上查了一个名字，全不在乎是否牵强。

　　近来这个岛上又有了徐芾的雕像，而且出自名手。雕像上徐芾的气质的确不凡，是一种庄严、忧愤的神情，不像现代人所搞的一般历史人物的塑像，不似那般平俗和过分装饰。但在我看来，这个雕像也仍然有些毛病——作为秦人，他的裤腰似乎过长了些；这么长的裤腰簇在胸腹，起码是汉代以后的事。在我看来，他的裤腰去掉半尺也就完美了。

按照传说推算,那个将母亲寄托在当地渔村出征打仗的将军,当时背着母亲寻找此地,也只能坐船——因为那时候这儿还不是一个半岛;这里成为半岛只是近一千年的事情:海水漩流把海底的沙子不断推拥过来,在小山和陆地之间缓慢形成了一条沙坝。

如今这个连陆沙坝平展展的,海拔高度不足两米,连接着尽头那个岩石山包。整个沙坝上全是松树,一片可爱的绿色。在去屺峼山头的路上,尽可以领受一种特殊的感觉:两边都是海浪,中间则有微微的松涛与之呼应。

就在这个沙坝上,十几年前还可以看到一个小小的庙宇:它供奉的不是任何大神,却是蚂蚱。所以这座庙宇就被称作"蚂蚱庙"。传说历史上这儿蝗灾严重,一群蚂蚱像乌云一样卷来卷去,地上颗粒不收,所以当地人就像惊恐雨神雷神、水神和土地神那样,为蚂蚱盖起了一座庙宇。他们认为一定有一个主管蚂蚱的神。

不知道这在全国是不是唯一的一座供奉蚂蚱神的庙宇。但我由此知道,当恶的胁迫力的确形成并不断加强的时候,崇拜者也就相应地产生了。崇拜往往是超越道德的,崇拜在许多时候是和恐惧连在一起的。

为了开展旅游,当地人在半岛上搞了各种各样的塑像、建筑,而且还发掘和制造了一些传说。这儿既有海蚀洞,那就刻上"神仙洞"三个大字,再塑出各种各样的鬼神怪兽,塑上拙劣的牧羊女和群羊。他们急切地要给一个自然美丽的半岛附加文化和历史的重量,增加其曲折性和神秘性,制造一些幼稚而粗俗的思维迷宫。实际上,这一切不过是事倍功半的一些游戏而已。它所固有的一些自然的地理的魅力,历史形成的一些痕迹,比如说蚂蚱庙,比如说在国内战争时期,这儿作为一个港湾所发生的那些渡海军队的集结和牺牲的故事——一切原本是足够吸引人的了。

十余年来,不知多少次去这个半岛。有时候是陪客人,有时候是自己。现在那儿有部队,有一个很大的渔村,还有旅游机构、气象台、高高的灯塔。我从费力筑起的、沿石壁下到水边的台阶上,绕到陡直的海蚀崖下边。脚下是拍岸的水浪,往上看则是随时都会吹落的、看上去有些松动的石壁。实际上,即便在呼啸的大风天里也很少有石块脱落。石壁上有一个个海蚀洞,这些在千百年里形成的大大小小的洞穴,如今成了海鸥最好的栖身处。有一次我从海蚀崖转弯的时候,有一群海鸥从洞里猛冲出来,其中的一只翅膀似乎还扫了一下我的脸颊。

记得我还在海蚀崖下拣到了一个不大的海蜇,捧着它往前走。可惜只是一会儿,这个海蜇就化掉了大半。大约在三四年的时间里,每年夏天半岛附近都涌上一片又一片的海蜇,数量之多,来势之猛,让海边的人目瞪口呆——过去捕获海蜇的船,常常在一天多的时间里也不过捕上几只,而现在它们却自告奋勇地送到了海边,前仆后继,挤得船都开不动,网都无法拖。人们不再用大扣眼的渔网到海里围堵,而只用铁爪钩往上捞。海蜇在海边堆成了山,还在源源不断地汇集。一连三年,或者四年,都是如此。一时间,整个犄角的公路上都挤满了运海蜇的车辆,到处充满了海蜇的腥气。

女人都扔下了手头的工作,到海边来炮制海蜇。

这种百年不遇的收获季节,让人喜悦的同时也悄悄埋下了一个恐惧。许多人都认为这是一个不祥之兆——跟在后面的也许会是某种灾难。他们的这种怯懦和担忧是有来由的。

四十多年前,也是一个夏天,也是一连两年的时间,海边上突然出现了源源不断的青鱼。它们一群一群,重重叠叠往岸上涌。当时的青鱼就堆得成山成岭,海边的女人同样也是涌到这儿炮制青鱼。那时候到处都是熏人的鱼腥味,是彻夜不息的灯火。而后来,大约是一两年之后,就发生了异族人入侵的悲惨事件。这场战争一直持续了六年,给这个半岛、给整个犄角地区留下了永久的创伤。那些异族人在这里留下的建筑,至今还能看到。

屈指算来,从海蜇不顾一切地涌到陆地到现在,已经五年过去了。好像还没有发生什么足以让人记取的灾变。人们暂时扔掉了恐惧。

有一天,我在半岛南面洁净美丽的沙岸上散步。黄昏时分,大概人们都回家吃饭了,海岸上没有一个人。正走着,日落的方向出现了一个小黑点,它在晃动,远远看去像一个刚刚上岸的海物。我迎着它走去。那黑点在逐渐扩大,在向我走来。

只有几百米远了,我看清那是一个人,准确点说是一个孩子。更近一些我才看清,那是一个扎了两条小辫的可爱女孩。她顶多有七八岁,稚气可爱,圆脸,鼻中沟很深,眼睛又大又圆,黑黑的。

令人惊异的是，她怀里抱着一条大鱼：不是横着抱，而是头朝上，像搂抱一个婴儿那样。鱼太重了，她不得不用力地腆起肚子，紧紧地抱住它——一条银鳞大鱼……这时我才注意到，不远的海湾里是一条条归来的铁青色大船。

这个可爱的小娃娃，肯定是在那儿流连的时候搞到了这条大鱼。

沿海岸往东，是村庄的边缘。这孩子大概要把鱼抱回自己家去。我一直看着她的背影，看着晚霞把她映成了红色。

大鱼和孩子都离我远去了，这真像一个美好的传说。

岛　主

　　小城北去十公里就是美丽的渤海湾。当我们穿越大片田野，看到了近海松林时，忍不住就要发出慨叹：多么好啊，多么漂亮的地方啊。同时心中也会生出阵阵困惑：当年筑城的人为什么不让城区更靠近大海一点？如果这样，那将是怎样漂亮的一座滨海城市啊。

　　这片无边的沙原，还有松林，都深深地吸引着我。

　　站在海岸眺望，可见远远近近的几个海岛。最近的一个似乎近在咫尺，简直伸手即可触摸。岛上林木葱茏，房屋鳞次栉比，西部是洁白的沙滩环绕，东部矗起黑色的礁岩。整个岛太美了，这样的地方大概只有神话中才有。一个小小的码头通向海岛，这里同时还是一个繁忙的渔港。

　　登岛之后会有另一番惊叹。这个岛早在几千年前已经有人居住，眼下已有居民三百余户，他们祖祖辈辈都是渔民。所有的岛屋都由青黑色的海岛石垒成，顶盖是棕色的海草，坡度很缓，看上去十分美观,远比岸上的民居要诗意得多。一条条巷子细窄,安静,偶尔出现的一条狗也不吠叫,只是看看生人,再抬头望望太阳,然后离开。一些海鸥在岸上飞舞,细嫩的叫声让人想起撒娇的孩子。岛上只有很少的一点可耕地,全部种上了蔬菜,被守岛的女人们莳弄得油旺旺的。

我一整天都在岛上走着,不愿停歇。因为这里的一切都让人感到新奇有趣,仿佛来到了某个仙境。这里首先是安静,是大海清新的气息。这个椭圆形的岛东西长南北窄,最东端有高耸的礁岩,上面还建了一座高高的灯塔。细白的沙岸差不多环绕了整个海岛的四分之三,沙子洁白,颗粒均匀,在阳光下散出阵阵温热。有几只归来检修的船停靠岸边,吸引了一大群海鸥。从船上下来几个穿了闪闪发亮的胶皮衣裤的男人,他们每迈出一步就发出"噢啦噢啦"的声音,走在岸上就像外星人一样令人好奇。

一个现代人能够来到这样的海岛而不产生眷恋?我真想赖在这里,一直躺在沙滩上,让太阳把周身的寒冷全驱个干净。这一天,我直等到最末的一班船才离开。可是我的心留在了岛上。我最后形成的一个主意就是,我一定要设法在此更久地待下去。

我知道岛上的生活会有另一种寂寞,这也是它魅力之一部分。这是一个似曾相识的世界,不过它只在幻想之中。

离开海岛之后,很长的日子里我有些沉默。小城的朋友得知了我的心事就说:这是很简单的事情啊。我不信他的话,因为人世间所有的美好事物无一不是千辛万苦方能接近。我说自己想倾尽所有定居岛上，我只需一处最普通的海草房子，我会把它当成至宝。当我说出这句话时，心里早就打定了主意，那就是愿用下半生做一个岛民。

朋友于是去了海岛，想为我寻一座海草屋。回来时朋友笑吟吟的，说：你去住就是了，随便住，但你不能拥有那里的房子，因为岛上的屋子是不能买卖的。我问：租用吗？他又摇头：不，岛主说用不着。

"岛主"就是那里的头儿，朋友不知通过什么关系找到了他。

我在朋友的陪伴下再次登岛，这次只为了拜见岛主。在一座海草屋中，一张粗木桌前坐了一个矮矮的中年汉子，大眼睛，胡楂黑旺，挽着裤脚。这就是岛主。他的模样让人拘谨，但听他哈哈一笑就马上放松了。他的大手在我的背上拍了一下，第一句话就是：怎么办吧，你来说。

我说了。岛主依然大笑，然后领我转了离海岸很近的几幢房子，里面都空着。据他说这都是岛上的公有闲房，正愁没人住呢，你来了正好。我说那就让我来住吧，我会好好爱惜它们。岛主说不用爱惜，这样的破房子咱有的是，你只要住下去就是，每天晚上陪我一起喝喝酒就行了。

离开岛主时我有了另一种忧愁：我不会喝酒。我把心中的忧虑对朋友说了，问他怎么办？朋友说：那你就喝水。他说岛主是真正的好人，急公好义，是全岛衷心拥戴之人。

就这样，我住在了一个梦中的岛上，特别是有了一个岛主做朋友。岛主酒量很大，像传说中的武士那样用阔口大碗喝酒。但他从来没有强迫我喝一口酒。

第二辑

我的心在那儿

我要在这个春天赶往东部。是的,我什么都不管不顾了。

我的一切都在那里。但不知怎么,这一次上路时却似乎有些偏离,记得一开始向南的——当翻过一座山岭,这才发现自己仍然向着东部……显然,是一块巨大磁石的作用。

我读过一本书,上面讲:一个人在招致了无法消除的烦恼和痛苦时,有一剂最好的良药,就是出去旅行。我不知道别人是否读过这本书。

小锅里的水响着。它回应着河湾里的水溅,"咕嘟、咕嘟",令人愉快。我知道水湾里有鱼或青蛙在那儿跃动,它们不甘寂寞。这些水族可能很想引起我的注意。我想,如果是一个更嘴馋的家伙,天一亮就会设法逮住你们。这个年头什么生灵都忍不住寂寞,都要炫耀自己,发出声音,拿着麦克风嗷嗷大叫,当一个明星——有钱的流氓千方百计要搞上咧着大嘴登台的妇女。多么危险。我在这个夜晚却是实实在在一个人。我始终想做一个耐得住心性的人。我喜欢独处,喜欢在旷野上一个人晃来荡去,却不知是不是我的朋友所嘲弄的:你其实是被一种概念化的生活方式所引导,自己却得意陶醉呢。这句话曾经刺得我心上发疼,现在不愿去想。我甚至常常向往那些真正的荒凉之地,并一次又一次默念着那行有名的诗句:"我的心哟,在高原!"

它,心,真的在那儿? 真的,我敢说肯定在那儿……

向东方

一

从那座大都市到东部山区，再到小城，我的路线是一直向东。最东部是大海，我脚踏的这片大陆最东端像是插进大海深处的一个犄角。大概我走到犄角上的那一天，就会自然而然地说一声：停吧。现在还不行，我还在向东移动，一路上，我的身体留在一个个居所里，它们等于是我东行的驿站。我的心一刻未停地向着东方。

那里也并非是草木葱茏之地，但那毕竟是半岛之端，是海雾缭绕之地，是陆上人遥望之地。这是一种本能的移动和向往。以前的海岛之行，更有后来的岛上生活，都极大地润湿了我的身心，使我几乎不再犹豫地拒绝干燥的都市。什么是都市？是喧声，是不见头尾的车辆，是一连两个小时的街头堵塞，是城区上空永远有一层棕色或紫色镶边的气体包裹，是医院里的人满为患，是叠放的蝈蝈笼一样的居室，是小商贩占据的人行道，是蓊郁的深宅大院与遍地垃圾的居民区的强烈对比,是愈加稠密穿梭的各色势利人等。

离开挚友,想望心切,背向半岛,疼痛揪扯。人在两难中苍老和失去,失去岁月与青春。

我用了近二十年的时间寻找一个居所;不,我整整花掉了上半生来安顿自己。我深知身躯在大地,心灵在身躯,一个人实际上一直在寻找的,仅仅是心灵的居所。

从海岛上归来要穿越一片海滩和树林,这主要是松林和槐林。开阔的沙滩,无边的草地和灌木,扑腾翩飞的鸟雀和各种四蹄动物。这里至少看上去是一个吉祥之地,是较少被野蛮人围剿的自然发育之地。从地图上看,这里就接近那个"犄角"的顶尖了,是一片大陆的东方之东。我在此呼吸的是大海的气息,看到的是清新的露珠,抚摸的是刚刚绽放的铃兰,倾听的是四声杜鹃的鸣唱。多么好啊,不过要快:快来亲近快来看护,要告别也须赶快,因为它在这样一个时代,要消亡和丧失殆尽也许只在转眼之间。

这片让我不能遗忘的林地和沙原,是我长时间的想念和希望。我几乎不能把它放在离心灵稍稍远一点的地方。于是我把许多时间都花在它的身上了,尽管它离我居住的地方很远,我还是每周都去一次。它的一枝一叶都让我引为知己,认作亲朋。林子里的动物开始熟悉我了,不止一次有喜鹊在近处迎接呼叫,我相信这是它的一种问候。还有黄鼬和狐狸的款款脚步,其转脸顾盼的从容,都让人感受整片林子的友好之谊。

这使我不由得思考:人类在大自然中犯下的罪孽,主要就是因为长了一颗冰冷的心。这颗心所连接的手,一染了物欲就会变成铁爪,然后死死抓住不再放弃,最后一起沉入无底的深渊。

海风和林风交汇吹拂,让我的脸明朗,让我的眼清澈,让我的心舒缓。当然,我深知在今天,这种享用真是太过奢侈了。这种奢侈由一人独享不仅过分,而且必会在某一瞬间丢失。我现在想象的,是怎样让更多的人来这里,来东方,来一起做起人世间最有意义的事情。我凭借的不再是一己之力,找到的也不再是一己之安,而是一个可以指望的明天。这种实现,也不仅是纸上的文章,而应该是大地上的矗立。

我由期待到想象,渐渐走向了筹划。我将不再离开这片林与海。

二

东行的心情愈加急切,它让我坐卧不安。夜色深处有一双清澈的大眼睛在追随……我不知该迎向它还是背离它。这是一种纯洁的叮咛还是隐隐的催促? 它让我焦躁不宁,渴念远行。我在这目光里有一种莫名的羞愧。

夜深了,心头时时泛起的正是少年时代那种游荡的诱惑。许久没有这样的旅程了,没有实实在在的徒步行走。我知道身上那种说不出的焦躁和灼热,也许只有这种方法才能够医治。

天一亮就开始整理背囊。我往里边装一些洗漱用具,特别是一个小钢锅。我总要带上这个漂亮的锅子,用它在路上煮东西吃。

旅途上有一种特别的舒畅和安宁——视界里的一切都开始变得辽远，一切的烦恼、一切的世俗得失都开始退远。我真渴望再次找到记忆中的好日子：在野地里好好睡上一觉，让露水打湿衣衫。

上路了。听着铿铿锵锵的车轮声，我这才松了一口气。我似乎明白，这样急切，简直就是一次慌张逃逸……我心中无以名状的渴念啊，正是它使我一次次来去，使我在大地上焦渴难耐……

像过去一样，我会在离东部平原很远的一个小站下车，把剩下的一段山路和平原交给脚板。以前我曾带着一架简易帐篷，沿着童年生活过的平原和山地好好地走过一遭。那真是一次难忘的旅行，我风餐露宿，走过的每一片土地、每一块岩石，都留下了深深的印记。一路上我听到了太多的故事，它们既古老又新鲜，让我一会儿感动得流泪、一会儿开怀大笑。那是多么快活难忘的一段生活啊。我差不多在野外奔波了一个多月：中秋出发，寒冬来临之前又沿着半岛那条唯一的铁路转回了城里……

我盘算着从哪儿开始徒步行走，然后去东部小城。火车在奋力爬坡，地势开始增高。火车正穿越东部的丘陵地带。这些年我总是习惯于在火车穿过砧山山脉之后的一个小站下车，而后或改乘汽车，或干脆背着行囊一直走下去——这其实是最为熟悉的一种生活：投宿问路，自由自在。

已经很久没在砧山山脉奔走了。那一次我在山脉北部待的时间很长，看了那儿有名的水利工程、密集交错的灌溉渠网——站在分水岭向北眺望，那密密麻麻交织的小溪、在阳光下闪烁的沼泽，让人惊讶不止。那是界河、滦河——它们从发源地一路向北,河道渐渐开阔,两岸有了密密麻麻的丛林;它穿过丘陵就踏上了那片灼热的平原……

火车开走了,我在小站上停息片刻,然后戴上了蓝色长檐帽。我的背囊已经很旧了,那表明了长长的游荡的历史。步出车站,我没有进入小镇,而是直接从它的东部踏向纵横交织的山路。这里是典型的丘陵区,南西北三个方向都被冲积平原包围,东临大海。这儿的山头七八百米,最高处海拔一千二百多米。地势最高处不在山地中央,而是偏向北部,山的北斜面短于南斜面,河流也是北短南长。山地内部被河流切割得支离破碎,脉络模糊……大约四五年前,我沿着砧山南坡走了一百多公里,来到了一条大河旁,甚至乘过一个小村的木船——很早以前这里的河流不能驶船,后来由于下游建了蓄水坝,河水盈满,并向周遭的河汊里流动,终于形成了一个个畅达的水网:山里的很多石料、药材和其他一些物资,都是用船运出去的……

此地到东部小城还有二百五十多公里,如果正常的话,大约需要有三四天的路程——但我知道这么短的时间是走不到目的地的,因为山路上总是少不了徘徊和耽搁。

我沿着山脉北坡往前,想尽快找到一个村庄。每次远行,身边总有一幅亲手绘制的地图,那上面注有砧山南北所有的村庄和河流。我不时看着它,寻找一些熟悉的路径。循着一条干涸的河汊往前,拐过一道山岭,面前就出现了一片黑乎乎的树林。村庄快到了。所有的山地村落都建在河谷中，那些古老的河道就是山民最好的栖地。果然，一会儿就出现了一个小小的、土黄色的村子。我驻足观望了一会儿，继续往前走去。焦干的河谷两岸是一片生长着刺榆、柞树和毛白杨的杂树林子，林中有密密的灌木混生一起，很难下脚。山坡上大部分是黑松，是长不高的橡树。偶尔也能发现一两株白杨，它们有十多米高，长在淤积土上。在那些离河较远的、沿河绵亘的巍峨山顶上，一棵棵乔木孤独地张望，很像驻足不前的行人……

绕过了一座石山，可以看到无数的岔流蜿蜒向前，汇入了界河。从地势上看，这里到了水旺季节水势会很猛，在上一年的夏秋，河床两岸高处的石头留下了绿色的藻痕。如今河床中间有一些浅滩，那些涉禽在不慌不忙地走着。顺着这条河谷往前，眼见着它变得开阔起来。河岸开始变为厚厚的黑泥，树木也多起来。地势低处长满了水柳，而稍显高峻的堤岸上又开始生长杨树……前边有一个更大的村庄，一直伴我而行的这条河在这里一分为二，化为更窄的两条河汊，从村庄两旁流过。河汊两侧的植物异常茂盛：高大密挤的树林披着鲜嫩的绿叶，河汊里倒映着柳树梢头，树木四周簇拥着蔓生植物交错盘绕的灌木。刚刚进入初春，这里遍地都是泛绿的青草。这个地方特别让人喜爱，令人忍不住要徘徊一会儿。从这里开始逐渐告别山地，群山环绕的河谷里竟然出现了这么肥沃的一片土地：脚下踏的正是最适于耕种的河潮土，此前路过的却是薄层粗骨褐土，它分布于钙质岩山地上的丘陵顶部，最容易干旱和流失。

在最贫瘠的山地,村庄却很密集。当年这些人没有耐着性子再走一百多公里,走到富饶的东部平原上。也许他们是从砧山的另一面走来的,像我一样,跨过了险峻的大山之后已经疲惫不堪,于是就在这里停住了脚步——喘息休养,耕种,经营自己的小窝。而一旦用自己的躯体把小窝焐热了的时候,深深的眷恋也就产生了,从此再也不愿挪动了。这就是人类定居的奥秘。

相守之心

当我真的徘徊在平原上，却像一个孩子羞于见到大人似的，小心地绕开了那棵大李子树。但我知道，没有来到它的身边，就等于没有来到这片平原。关于它的无数回忆让我心中战栗，让我有一种时时难以解脱的感觉。我无论在何方何地，只要一想起自己的来路，总会记得是从它的身边走开的，并且还要回到它的身边去……

我从童年起就开始得到某种暗示似的，从心底认为：这棵大李子树长在了整个世界的中心，而不仅仅是这个平原的中心——大地就是从它的四周往外延伸，以至于无穷……我从东到西或从西到东、去南方北方，心中的坐标是不会改变的。我走向最远的远方，可最终也还是要归来，这是无可怀疑的心念——当我走近了它，离它越来越近时，就会感受它温煦的目光。这像抚摸一样的感觉。是的，它有无穷的魅力，有奇怪的磁力一般的吸引。

我静默下来就易于回答一个问题了：我为什么要在此寻找一

片田园？为什么要匆匆地奔向这里？一切都是因为它，一切都源于一种不可更改的景仰和相守之心。

我在平原上忙碌，常常一个人到镇子上、小城里，到大海滩上。我似乎有忙不完的事情，因为离开得太久了。可是我料理得最多的还是自己的一颗心——那里面的荒芜与琐屑。我有时会默念、会想起它——大李子树。是的，它的旁边就是我的出生之地，那儿曾经有一片小小的果园。去那儿是方便的，只要穿过那道起伏的沙岗、沙岗上茂密的杂树林，踏上一条弯弯曲曲的小路，就可以一直走到那里。我站在园边上就可以看到那棵巨大无比的李子树。

不知多少年了，它一直在这儿守候着。它比我来到这世界上的时间要长得多，而且比许多人的年纪都大……我们寻到了它，在它的身边筑起了一个小小的家园。我们在这里休养生息、躲灾避难，等待亲人……多少年过去了，大李子树旁边的人一个个先后离去了，只剩下了树旁的一座茅屋。

这儿到处都留下了过去的痕迹，一种难以言喻的气息让人沉迷。小小园林西边是一行茂密的槐树，槐树外又是一片紫穗槐灌木……一些乌黑旺盛的马尾松，一片在风中发出刷刷响声的杂树林，还有洁白的沙土——这儿联结着我的全部。我的心无论飞多么遥远，都有一线系在了这一端。

我在这片平原上留下了什么？有什么东西坠着我的心？到处漫游，走过了山岭平原，再往前走去，直走到长江和黄河的源头——可是仍要归来，然后久久地徘徊在这片海滨平原，步履沉重地踏上那条通往大李子树的弯曲小路，再次登上沙岗。

我只要望见了它的巨大身影，周围的一切好像都视而不见了，只直直地迎着它走过去。我再次感受着它无所不在的目光，让它的大手抚摸我的额头……我就在它的目光下长大，领受着它的体温、它的慈爱；从小到大，我一直攀伏在它的身上，我的生命与之难分难离。打我生下来的那天，我就看见它屹立在茅屋旁边。后来星转斗移，一切都凋零了，它还是那么屹立着，微笑如初。它俯视着大地，俯视着消失的岁月、人、一切的一切……

我走近它，靠在了它粗糙的皮肤上。我感到了它在轻轻地颤抖。我仰起头看它密密的枝叶和刚刚结出的果实，再看四周：一片树木还在，可是有的已经枯了半边；往年那修整得笔直的树下田埂、水道，如今都已残败坍塌。

就是这片与我的根脉紧紧相系的园林，在远方的那个城市里，在深夜，在我愉快和不愉快的时刻，是我总要想到的一片炽热之地……对于我而言，人生的每时每刻，只要想到童年的这片园林，就会感到一种难言的幸福，有时这幸福大得令人无法消受。是的，它完美无瑕。

记得小时候，这里的每一棵树木都被我取了名字，每一个枝丫都让我亲近过。包围这片园林的那些杂树、沙岗，灌木丛中开放的各种野花、长出的各种浆果，都让我牢记在心。它们蕴含着永远讲不完的故事和唱不完的歌……

看着我的昨天

这儿曾是一片多么肥沃的土地，一个多么诱人的地方。母亲和外祖母把它修葺得多么完美……

离大李子树十几米远就是我们的茅屋旧址。这里什么也没有留下，只有一片黑泥，上面长满了野草：马齿苋、一两棵地肤、几棵金星蕨科的沼泽蕨、禾秆蹄盖蕨——它们一律长得黑乌乌的，特别茂盛。我们茅屋的地基比周围略高一些，因为坍塌的泥土垫得更高了一些。真是不可思议，从眼下的痕迹和界墙看它是那么小，小得不像是住过一家人……一个苦难的故事，一个折磨人的童话。不过这是真的，这儿有旧址为证。它的倒塌与新的护园人有关，因为我把经管这座茅屋的权力交给了他们，有一次回来，干脆又把整座茅屋送给了他们。可是他们取走了屋内的杂七杂八，压根儿就没有想过料理它，结果任其倒塌。

我感到了难忍的疼痛。

这是先人留下的最后一个居所啊，它盛满了我的昨天，它是我的一切。可是没有了它，我还剩下什么？我还有可能真正找回昨天吗？我不敢肯定。

好像冥冥中有什么告诉我，要让我远远地离开这片平原，躲避着什么不祥和灾难……可这是我的故地啊，这儿有我的灵魂！我早就成了一个孤儿，早就举目无亲——让我再往哪里走?!

我知道，这并不是一个中年人的多愁善感，不是——我真想趴在这满是野草的地基上亲吻、紧紧地贴住它……找到了这里，就找到了我的开始。我出生在这里，依恋在这里，奥秘和奇迹也在这里。

我四处看着，看着我的昨天……每一株树每一棵草都不愿放过，直到看得两眼疼痛……不知多少次了，我在这里驻足，不愿离去。我在努力探究着属于我的一切。我觉得再也没比这块脚踏之地更神秘的了：母亲就在这儿生下我，我生下来第一眼看到的，就是这个小小的世界——再后来我可以移动了，可以奔跑了，不知不觉还是以这儿为中心；我走向四方，寻找着崭新的朋友和崭新的故事……陌生的世界变得熟悉，熟悉的世界又变得陌生；只有回到这里，才感到一种真正的归来，真正的回避和真正的悄藏——无论是恐惧还是喜悦。好像我的一生只要有了这样一座茅屋，再凶狠的力量也难以加害于我了。

在此地，我可以永远躲避寒霜和北风，可以一直蜷在外祖母身边，在被窝里、在深夜闪跳的油灯下，缠着外祖母讲一个又一个故事……

从茅屋旧址走开，我一个个抚摸和注视着童年的朋友：各种各样的果树，包括其他植物。我差不多能感到它们在手下的脉动。有些树木也像我一样苍老了。我想从它们的目光中感到一丝责备，可是没有。我是一个最应该接受谴责的人，因为我没有守在它们身边，没有为它们付出。我的一腔怀念和牵挂并无有助于它们。我是一个脆弱的人，我的善良只在一个很小的范围内、在一个特别容易的时刻里才能显现，才被接受和理解。站在这里，我会想到，我已经四十多岁了，应该具有本能的询问和质疑：你生活的支点到底在哪里？你将由此出发，迈向何方？

也许当年就是在这声声质询中归来了：不是做客，不是匆匆奔走，而是要在此驻足，与之长相厮守。当我的愿望几乎实现了的那一天，兴奋无可比拟。它一直藏在心底。我找到了自己的根性，显示了一个人的拗气，多少变得像一个男人。这就是我今天的理解和感悟。

我不止一次地使用"根性"这个词。因为舍去了它就不能表达。我的根扎在这片土壤里，是它决定了我的命性。我的来路决定了我的去路。还记得有个家伙曾经不止一次地揶揄，攻击说："你的本事也就那么一点点，什么爱啊恨啊……"我回答："你说对了。爱和恨可是了不起的事情；可惜你永远都不会懂。"他瞪大了眼睛："我不懂？老天，我不懂？"

他的"爱"只是那种男女的缠绵和伤感，是哼叫。而我有过伤感吗？我更多的体验是苦难和悲痛。它们包围着我，辖制着我，使我步履维艰。

在大李子树旁，面对无声的童年伙伴，我明白人不能没有心灵的叮嘱，不能没有幻想和渴念，特别是——不能哼叫呻吟；即便贫穷潦倒山穷水尽，也不能发出乞求。

我走开，向西，穿过那一行无精打采的槐树，走过了紫穗槐灌木。马尾松在风中摇动。我只在心中默祷：安息吧！我的故园，我将永远厮守着您，我将用身躯护卫着您。

这里有我们家族烦琐而神秘的历史，我将在安静的时刻里把这一切记录下来。我需要好好地观察自己，以及我所感到的一切。我还要不厌其烦地验证和演算。

水 啊

在水边筑屋可能是人生的又一梦想。大都市的罪过之一就是远远地阻隔了人与水的亲近。尽管比较聪明的筑城人总是想方设法把水引入城区,但他们所能做的仅仅如此而已,绝大多数的城里人还是与水无缘。那些以水著称的城市,如果实地考察起来,会让人觉得那一点点水简直算不了什么,微不足道。水啊,自然的心灵,大地的眼睛,可以洗涤万物的清澈之源,就这样不见了。而人离开了水会是不幸的。

可能由于我出生在大水之滨,所以一离开了水就有一种焦躁不安,总害怕生活变得过于干枯。许多年里几乎是一路逐水而行,水在不知不觉间牵引着人生轨迹。行走在城乡之路,只要是眼前出现了一片大水,立刻有一种愉悦和亲近感。无论在哪里,只要看到一片水被污染了,心头立刻会泛起一种绝望感,这绝望会压得人透不过气来。人类的恐惧不安和肮脏,这一切都等待水来洗刷,可是人类却先自动手把水弄脏了。人的视野里如果能有一泓清水,就成了人生中最质朴最诗意的追求。

在小城南部山区，一个小村向阳一面是深深的大水潭，而且绝无污染，常年清澈。一个朋友就在那个小村的南端居住，他们家有一个两层平台式楼房，长年闲置，于是热情地邀我去住。这时恰好是我不得不搬离小城居所的日子，内心十分惆怅，所以这邀请就让我分外高兴。那是一个小小的山村，几乎所有的房子都是老式的，一律黑瓦青砖，开着几个小窗，远看像一群可爱的刺猬伏在大山脚下。朋友的两层平台式小楼是全村最高的建筑，我们登上二层就可以鸟瞰全村。从这里再看南边的水潭，简直近在咫尺，蔚蓝蔚蓝，水波不惊，山的倒影就在其中。

我把简单的用具搬来，然后就在这里住下。水潭是我的心情，它一直是那么清澈平静。几天后，全村的人都一点点熟悉过来，他们把一层好奇抹去，开始了对外来人的帮助。山村里才有的黑咸菜是萝卜做成的，油亮油亮。还有一种山野菜做成的饼，泛出特别的香味。从水潭中钓的一种黄脊小鱼长约二寸，烤得酥香逼人，据说是一种长不大的特别美味。这些东西都是山里人一代代的强大滋补，是最让人信任的食物。

雨水过后，山里人约我一起去山坡上拣"香水牛"，就是长了两条长须的甲虫，肥肥胖胖，在锅里煎一下就是一顿佳肴，如果再有一盅白酒，那就是寒湿之日的清福了。除了它，山里还有豆蛹、多籽蚂蚱、知了猴、蘑菇，总之美味多多，不胜枚举。这些吃物与山民的欢乐知足，还有健康自信的日常生活连在一起，让城里人费解而生姜。所有的这些东西都依赖于水,是湿漉漉的天地里才有的。雨停之后就是美妙的收获之时,找天然吃物,同时再备下白酒。我在全村最高处的那栋水泥房子里可以看到户户炊烟,如果是北风,还能清晰地嗅到全村烹饪的香味。

水潭太深了,村里人在夏天也很少下水游泳。潭水洁净无污,鱼在深处都看得清楚。只有靠近山麓才有苔草伸进水里,那儿据说就是大鱼的窝。这儿的水鸟总是单独行动,它们的模样在我眼里简直很少重复,每一次都是新的面孔,有的洁白,有的碧绿,有的有长长的喙,有的有高高的腿。水鸟在潭边踟蹰的样子优雅之极,它们仿佛没有更多的急切心情,仅以漫步为主,狩猎倒在其次。我每一次来潭边都钦羡水鸟,先是盯视一会儿,然后就像它们一样悠闲地走起来。

在南部山区水潭边的幸福仅仅持续了一年,后来就因为具体工作的变更而不得不搬回小城。可是我仍旧迷恋那里。有时半夜醒来,恍惚觉得南风正从潭上吹来,带来了水波的气息,夹杂着黄脊小鱼的呓语。可是很快就能听到街上驰过的夜车,于是披衣坐起,满心凄怅。这里即便是凌晨两三点钟也不再安宁,这与四五年前的情形已经完全不同。这就是一座小城的变迁,它也没有例外地走向了喧嚣,总有一天与那些大都市相差无几。

一个偶然的机会,我发现了小城近郊有一座中小型水库,而它的一边就是一个院落,内有灰色的水泥楼和几间平房,这就是水库管理所了。管理所当是几十年前的产物,如今这几幢建筑已十分陈旧，并且空下了三分之二的房间。主人寂寞，他们见我如此留恋这湖清水，立刻高兴起来，变得非常好客，说：这里的鱼真肥。我笑了，因为这并不重要，重要的是这儿有一片开阔的大水，有长满了半个堤岸的柳树和青杨。多么不可思议，这儿离城区仅仅五六公里，眼下竟然没有一个游人。主人欢迎我来这里完成自己的部分工作，这使我满心感激。

春夏秋冬四个季节的水畔皆有迷人之处。除了狂风大作之时，每一种天气几乎都在彰显这里的美。冰凌，雪，飘飞的细雨，春天的柳絮，深秋里的玫瑰，都在装扮这片大水。就因为它的抚慰，我又一次变得安定和满足，眼里的一切都变得簇新。这里就像南山的水潭一样，是又一处难得的安居之地。那么究竟是什么在妨碍我们的选择呢？

当然，眼前这美好的水畔只能让我留恋向往，而不能当成长久的居地。它吸引我，让我来来去去，乐此不疲，未能割舍。我向越来越多的朋友引见城郊这片亮水，介绍它奇迹般的沉寂。也就在这些日子里，我顺着水的流向一直向前，不止一次绕到了小城东郊的一条河边。我终于在河岸发现了一个小村，并在小村里找到了新的小屋。我在小屋安居下来。

我常常不无自豪地说：我是河畔人家啊。

这条长满了芦荻的河日夜不息地奔流，它赶路的声音直传到我的窗下枕边。这是那片大水对我的问候，是它捎来的讯息。我相信，即便是更远一些的那个水潭，也与水库、与这条河相扯相连，它们是孪生兄弟。河水在大雨季节里咆哮，有时它会淹没河上的那座漫桥。我曾在夜晚长时间站立河边，看泛着白沫的水流冲荡而下，想象着远方的大海。

最大的水就是海，我终有一天会临海而居。这就是我在漆黑的夜晚想到的。苍茫无际的海，水天交接之处藏下了多少幻想，我会更多地停留岸边，去遥望邈远。

美丽的万松浦

这个秋天我住在万松浦。这是我多年来第一次住在一个恍若梦境的地方。

书院有一个不大的院落，它约有一百余亩。说它不大，是指它坐落在两万余亩的松林里，在大海之滨，在一条长河的旁边。我的写作与读书处就在松林里，就面向了大海。一抬头就是松海之绿，就是波涛之上的各色船只。鸟儿们不停地在窗前嬉戏，探头向里观望，这使我愉快中反而不能专心。倒是远方的天际苍茫之色，引发我的邈远之思，让我想到此地此时的深意和情缘。我不能不一次次梳理心绪，沉浸和缅怀，于无尽的苍穹之间、极目之处，寻找自己的来踪与归路。

我心中是从未有过的清澈和安定，也是从未有过的多思和想念。许多事情想从头做起，又有许多事情想从头再做一遍。因为我有把握做得比以前更好。这时候没有过多的奢望，却有了更多的劳动的欲望。我和同伴们在读书写作之余一起盘算，想每人学一份手艺：有的学园艺，有的学陶工，有的学装裱；我则学木工。我想做一条很大的三桅帆船模型，还想做一些常用的器具。除此而外，依照原来的约定，我们还要每天到野外做一些工作，如除草、修剪、耙地、种植，莳弄茶园。这种活计每天不得少于五十分钟。与每天的苦读一样，这一切都是我们书院的功课。

很快，大家的皮肤比过去更黑了，举手投足间倒也少了许多呆气。思维也较过去直率单纯，并且有力。有客人说这真是个"桃花源""乌托邦"啊。可是我们林中人却丝毫没有觉得有什么特别之处，倒是充实自然得前所未有。我们劳动，体力脑力并用，室内野外兼顾，乐而忘返，总是于太阳落山之际方记起收工用餐。

有一天，下午四点钟左右，我携锹具走向院子，不意间打扰了七只公野鸡：它们正在墙边草地上觅食，胖躯长尾缓缓挪动，见了我一齐飞起，掠起的风都是笨重的。那七彩长尾啊，只有童话中才有。如此看，美丽的自然离我们原本不远，仅仅是稍加看护，它就呈现出这般奇异。我于感动中连问数个朋友：你们可曾有过这样的机遇，一次竟发现七只公野鸡？他们摇头。

有一天早晨，一个朋友在书院松林上空看到了四十多只盘旋的雄鹰。

有一个下午，另一个朋友在书院的水彬树上一口气数到了一百多只喜鹊。

这儿不是"桃花源"和"乌托邦"，这儿是北方自然中的一隅。它在围困之中，它在等待之中，它在保护之中，它更在希望之中。

不远处即是嚣嚣之声，幸有徐徐海风将其吹散，有涛涛松音稍稍覆盖。有什么美妙的情愫在这里孵化，然后就是艰难和欢乐交织的养育。

松枝上，我不时会发现一处修筑得十分结实的鸟巢——风起时它们仍然完好无损。

我在心里为这些鸟巢祈祷和祝福。

万松浦纪事

古　河　道

万松浦书院东临的港栾河，如今看只是一条波澜不兴的小河。早在建院之初就有专家来勘测地形，他们同时也要关心周边的风貌。我请其研究一下古河道，心里很想知道这里原来的情形，因为以前听过许多关于它的传说。勘测的结果大出所料：原以为古河道再宽也不逾五六十米，谁知它当年竟然宽达一百四十余米，而且还是最保守的估计。

据说它在古代是一条大河，宽阔到足以行船扬帆，入海口处还形成了一个大湾，偏右一侧就是一个大码头，往东不远约十华里，就是更有名的古代军港：黄河营港。它们当是姊妹港。今天的港栾河湾右侧仍然是一个码头，一个小渔港兼旅游码头。

现在的河床里只逢大雨天才有水头从上游下来，平时虽然河水充盈，也只是随着大海潮涨潮落。河里鱼蟹很多，主要是鲈鱼和海鲶。在春秋天里，钓鱼少年在阳光里携一条银白的大鱼，模样煞是好看。书院门卫是个逮海鲶的好手，他用一个柳条篮子蒙一面纱网，里面再放几块西瓜皮投进水里，一会儿就能捉一些海鲶。

这条河与龙口界内注于渤海湾的绛水河、泳汶河、黄水河差不多，都起源于素有"胶东屋脊"之称的黄县南部山区，属于境内四大河。今天看这四大河中最小的就是港栾河了。大自然往往在不知不觉间发生一些惊人的变故，这个过程尽管在人间显得十分漫长，但在自然神的眼里只是短短一瞬。

也仅仅是四十多年前，龙口海滨的雨雪还大得吓人——有人说更早的时候雨雪还要大上几倍。我印象中，四十多年前的雨是真正可怕的：在夏天和秋天常有水灾，只要遇上一连几天不能停歇的大雨，老人们就要祷告了。在老人的祈祷声里，大雨浇泼下来显得格外恐怖。大雨像是毫无来由地下着，下个不停，虽然早已经沟满壕平。

当年记忆中的平原，到了夏秋天常常出现一片片大湖，那是白亮亮无边无际的大水。虽然地处海滨，但因为排水系统不够顺畅或干脆就是雨水太大的缘故，积水总是一连数周不能消退。高秆庄稼露不出梢头，地瓜和花生一直泡在水底。猪和羊被主人牵到了沙岗上，用绳索一一系上。那时猪要像狗那样带上脖扣，模样显得十分可笑。

一开始下大雨是有趣的，因为一片大湖给人畅游的诱惑，给人新奇感。但是不久大人们的懊丧情绪就感染了我们。我们也开始忧心甚至是恐惧了。

最不能忘怀的是秋天收地瓜的情景：虽然好看，但性质是很悲惨的。年轻人划着门板到大水中央，然后一个猛子扎进去，冒出水面时手里擎着一个地瓜。这样的地瓜煮不烂，有一股难以下咽的苦味。那时候的收获真是可怜，不歇气干上一天，门板上才有一小堆地瓜。

只有捕鱼的事是令人欢快的。到处是水，也就到处是鱼。大人捕大鱼，小孩则捕小鱼。大人捕鱼为了生计，孩子们捕鱼是为了养在瓶里。那时候见过了各种各样的鱼：红的黑的，细细的宽宽的，还有长了绿色鳍翅的。那有着斑马一样花色条纹的鱼，在我们眼里简直就是不可思议的神奇生灵。

大水季节里发生什么奇怪的事情都不会让人吃惊。因为我们已经来到了一个怪异的日子。那时候我们常常听说一些闻所未闻的事情，有一次甚至听说海上出现了人鱼：它长得到处与人一样，只不过仍然还是一条鱼；它面对下网的人会流泪，会发出哇哇的叫声。它的眼睛据说像小姑娘一样妩媚。传说的事情虽然近在眼前，但可惜仅有极少数的人亲眼见过，而且问他们，他们总是一副遮遮掩掩的样子。

雪季同样让人心悸，让人难忘。那是铺天盖地之雪，是压在平原和沙岗上一冬一春不会消融的雪。厚得惊人的大雪使整个冬天都上演着悲剧：无数的鸟儿因为无处觅食而倒毙，一些身个不算小的动物也饿死在雪地里。还有不得不走上旅途的人，也时不时要掉在雪窟中。原野上再也无道路无标界，浑茫一片。在这样的日子里，只要变天了，乌云积得遮天蔽日，一家之主一定要在临睡前把铁锹收拾到门边，以防大雪封门时好捣雪出门。

如今回想这些，竟然觉得像梦境一样不可信了。

这大概就是今天港栾河萎缩的原因。河里没有了帆影，没有了浩荡之气。时间的水流变得如此纤细，以至于难以承载自己的历史。在这条河的两岸，谁还能如数家珍地讲述当年？比如这条河的今昔、关于它的故事，更有两岸人物，他们那些惊天动地的豪举？

可是我们不能忘记书院是建在一片古河道上，不能忘记它的昨日波澜。

码　头

港栾码头每到了春天就热闹起来。我们书院沾尽了这个码头的光。只要有渔船来归，必是海物丰盛之期。渔人身穿胶布衣裤，浑身闪亮从船上下来，然后张罗卸鱼。小码头上的海物比城里鱼市上要便宜许多，而且鲜美无比。

码头西侧是一处绝好的泳场，沙岸洁净，滩底平坦，且没有激流，没有鲨鱼出没。东侧是最好的垂钓处，在这个地方可以毫不费力地钓到海鲶和小鲷鱼。有一年春天我们三两个朋友一起，只用了两个小时就钓到了一大桶。最愿上钩的是有毒的小河豚，它们模样可爱，不知好歹，贪吃成性。我们每次都把上钩的小河豚摘下来抛进海里，因此要费去不少时间。如果能到码头里面，在伸进大海那一面的人工礁上下钩,就会有更大的收获,比如钓到珍贵的红鲷。

从书院步行到小码头只需十几分钟;而从小码头坐船进岛,水路也不过才一刻钟。站在海岸这边遥望海里绿蓬蓬的岛,常有许多美好的想象。我们曾多次与客人一起进岛,并且带了车辆、备足了吃物,在岛上度过一天。

历史上,这个小码头远没有东边的黄河营港大。那里称之为"营",因为是一个军港,一个要塞。直到今天,那里还常常在周边挖出许多古物,如巨大的带辙印的铺路石,古军营兵器,大船锚碇等等。这个"黄河"不是通常所说的第一大河,而是胶东的一条大河。

《史记》中所载的方士徐芾(福)骗过了秦始皇,三次去海中神山求长生不老之药的好戏,就在这里上演。其中的第三次带足了所需之物,并携走了三千童男童女和一些智慧人士、五谷百工等等,更有药品和其他种种。总之完全做好了一去不归的准备,然后就消失在茫茫大海之中,再无消息。

其实徐芾这之前已经多次在海中寻访探究,起码前两次是勘踏路径。第三次即最后一次,也就有了这决定性的远航。这是中国历史上的一个大传奇,为中国的信史《史记》所载。《史记》上写到"齐人徐芾",写到他统领浩大船队抵达东瀛,看到了"平原广泽",于是"止王不归"。许多人之所以把徐芾的传奇当成彻头彻尾的传说故事,是因为他虽然骗的是千古一帝秦始皇,但毕竟是消失在渺海之中，于是只有开始，没有结果——整个故事没有了后半截。当时的航海技术对于西部蛮王秦始皇而言还多少算是陌生之物，但东部沿海的徐芾们却运用娴熟。所以一队人马一旦入海也就如同泥牛，再无音信。

整个大传奇的后续故事在大陆上戛然而止，却没有完全消灭在深渊里，而是发生在东瀛列岛，即今天的日本。从考古上得到的越来越多的证明是，自徐芾东渡以后，尚处于石器时代的日本一跃进入了弥生时代。而且关于徐芾的故事和传说，已经遍及今天的日本列岛。

徐芾东渡的摇篮就是这两个海港：黄河营港和港栾港。这已为众多徐芾研究者所首肯。

这两个海港既是徐芾庞大船队的集结地和出发地，也是他建造船队和训练水手的营盘。这一次伟大的探险和跋涉大大早于西方的哥伦布，其准备之周详，行动之隆重，意义之深远，也早已超出了哥伦布当年。

今天已在中国境内发现的有关徐芾东渡遗址的，就有山东胶南的琅琊，青岛的沐官岛，河北的千童县，江苏的连云港。这说明一次划时代的壮举并非一蹴而成，而是经历了诸多筹划、百般计议、无数实施。这其中必有虚实相间，有尝试和失败，也有暗中的密谋和得计。

想一想当年的坎坎伐木之声，造船的浩大场景，再看看今天小港的微风撩波，尽可以留下万千感叹。

桑　岛

这个椭圆形的岛与书院相对,二者隔开了十里水路。海岛横卧于碧波之中,绿色葱茏,房舍或隐藏于雾气或闪亮于艳阳,是对面一片不变的诱人美景。我想该有一个上等骚客为其写下一首《桑岛赋》才好,可是几千年过去,华文美章还是没有等来,殊为可惜。

岛上有九百户人家,可见也不是一个很小的岛了。名为桑岛,可是如今岛上并没有几株桑树。它的西部和北部都是一片槐林。传说是当年徐芾在岛上植桑养蚕,并从这里将纺织丝绸的技术带往日本列岛。由徐芾把桑蚕带往日本是可信的,但桑岛作为养蚕基地则有些牵强。因为龙口一直是富饶的古莱子国故地,其西北部一直为鱼米之乡,不可能唯有一个海岛才更宜于植桑纺绸。当年这个岛上很可能生长着可观的桑林,以至于成为一时的风景也未可知。

岛上几乎全是渔民,早在二十多年前就拥有出外海捕捞的大型渔轮。中学时期开门办学时,我们几个同学被遣来岛上,曾在这里度过了一段欢乐时光。那时我们常常作环岛游,在南部的滩涂上拣海菜,在东边的礁丛上捉螃蟹。记得有一次捉了一只海参,因为第一次面对这种活的海珍,一时竟不知该怎么办,只用手攥住,想不到走了一会儿松开手掌,它早已化成了一汪汁水。我们那时胆大妄为,合计着要写一个船队去远海捕鱼的剧本,还提出上大渔轮出海以"体验生活"。一个红脸船长听了哈哈大笑,说你们在风浪里折腾一天就会呼天号地。我们仍然坚持上船,但最终未被应允。

现在岛上有了城里人开发的旅馆房舍,而过去全是清一色的海草房子。岛中出产一种深黑色的岛石,坚硬致密,是最好的建筑用材。一般的岛上房屋都由岛石做基,配以海草屋顶和泥墙,望去别有一番韵致。全岛只有一个淡水井,井口的石板上已磨出深深的绳痕。几十年来曾多次勘查淡水井,结果都没有成功。可是这唯一的淡水井用了千百年,想不到近些年渐渐有了麻烦:开始渗出咸味,最后竟不能饮用。现在岛上不得不使用一套海水淡化装置。

有一个夏风轻拂之夜,我和一些朋友站在书院北边的海岸上,突然对面的岛上放起了焰火。海里映出彩练,星夜更为绚丽,一时照亮了几千年的荒芜。

一年多来,我一直与朋友筹划一个事情,就是为书院在桑岛置几间海草房子。因为每一次与来访学者去岛上,都会引起他们的一片钦羡之声。如果岛上有我们的居所,就可以让四方友人安心地住在岛上,让他们尽情地亲近这个岛。

现在虽然岛上也建了旅舍,但奢华并非适宜于我们的朋友。我们倒希望这始终是一个淳朴的岛。因为我们知道所谓的各色开发,各种现代变革,带给自然之子的往往是更大的不安,有时甚至是可怕的变故。如果桑岛一直能够拥有一片洁净的海水,能够世代捕捞丰富的海产,过上一份安定丰足的生活,就是最好的事情了。实际上几十年里岛民的生活一直优于对岸,他们并不羡慕岛外的人。

特别值得一提的是,桑岛出产的海参品质极优,售价也远高于国内其他海域,是一种效力奇特的滋补珍品。在龙口,甚至是整个胶东地区,人们最为信服的滋补品就是海参。说到什么营养和进补方式,他们首先想到的也是它,很快会睒着你问一句:"还能比得上海参吗?"

提起桑岛海参,当地人神情傲然。

依　　岛

依岛如果称为桑岛的卫星岛也不为过。因为它就在桑岛的西北侧,是一个没有人烟的荒岛。从桑岛去依岛并不是一件容易的事,虽然二者相距不远,但中间有一道难以逾越的激流。我曾请朋友摇一条小船送我去一次依岛,朋友伸伸舌头没敢应承。

依岛其实是一个极为有趣的岛,我早就听过许多关于它的传说故事,这些故事虚虚实实,难辨真假。有人说很早很早以前岛上曾有过一户人家,他们想必是胆大过人,敢于独居。想想看,在一座孤岛上,没有四邻,又因激流阻隔出岛极不方便,生活起来该是多么冒险。可是他们也会拥有另一种快乐,那大概是国王般的快乐吧。一个岛国,领地也就那么大,可是能够任由独一无二的主人自主自为。

这个小岛上没有淡水，所以那一户人家只能采集雨水。听说如果从那儿到桑岛上来，只有一条水路可以稍稍绕开那道激流。我们想象独居小岛的人家每一次回桑岛会是怎样的情形。桑岛对他们来说就是母亲岛。

即便是桑岛的人也很少有登上依岛的。问一句依岛，渔民们往往笑而不答。再问他们依岛平时派什么用场？他们就说：那是躲避风暴用的。这让人不明白，桑岛为什么就不可以躲避风暴？要知道海上起了大风，船驶回桑岛与依岛都差不多啊。

可能是过去的渔场在西部，那儿离依岛更近的缘故吧。但更有可能是从渔场回返时，依岛的水路更顺畅一些。我们知道，有经验的老渔人放眼去看大海，就像我们平常瞭望大地一样，哪里有沟坎河流，都一清二楚。

反正后来那唯一的一户渔民也从依岛上消失了，他们搬离的原因不明。现在依岛上还留有半坍的房屋二间，是否为原来的居民留下来不得而知。但据说里面锅碗瓢盆齐全，还有一点饮用水和吃的东西。这一切都源于渔民的一个规矩：时刻为遇险的渔人准备着。

传说岛中的小屋里还有两块叠放的大石头，石头下压住了一个小纸包，里面有一点神秘的药面：所有在海中被毒鱼所伤的人都可以被它挽救。

近几年来不断听说一些巨富打起了依岛的主意，想把它买下来开发经营。有的竟然放言，说要在岛上开设一个大赌场。他们大概要效法沙漠中的拉斯维加斯,想起了灯红酒绿和声色犬马。不言而喻,现在的一些人是极善于模仿的,特别是模仿西方。但可惜对于这块属于国家的、很小又很完整的水中方寸,许多主事者也没了章程,一时真不知该怎样处置。所以十分有幸的是,它至今还在那儿荒芜着。

只要留下一个岛屿,也就留下了一片诗情、一些故事,更有一些美好的想象。

莽 林 的 阴 影

龙口在我的心中是这样一个形象:丛林茂密,一望无际,天气湿寒。可是现实并不如此,除了南部山区有些林木外,再就是书院附近的几万亩松林了。所有来书院的客人放眼四周,无不大赞一声:好一片松林。

其实这仅是我记忆中的十分之一。眼下的林子诚然可爱,但美中尚有不足。这遗憾留在心头不为人道,却不能说没有。也许本来就不是遗憾,而直接就是痛,是伤口。

龙口受伤的历史,其实就是整个人类受伤的一个缩影。这样讲毫不夸张。我们的大地如何变迁,我们的家园怎样受辱,只需看看龙口大地便可知晓。早在秦代,这里就属于天下名郡黄县的属地,一直有"金黄县"之称,在海内最早拥有渔盐之利,是炼铁术和丝绸纺织业的发源地。古黄县统辖范围大约是今天的几十倍,她包括辽东半岛的一部分,更囊括今天胶东的主体,有山脉有平原,东与南北三面临海,且有兴旺的畜牧业,盛产稻米。黄县的大部分土地原来属于古莱子国,这个古国后来被齐所灭,齐于是获得了东部沿海最富庶的地区,一跃成为最强盛的大国。古莱子国的都城就在黄县境内,即今天的龙口市归城一带,那里至今还保留了古国的夯土城墙。齐国既是天下繁荣之邦,最后却被相对落后的西部秦国所灭。秦国强悍,齐国则强而不悍。在古代,先进地区被落后地区所战胜的例子屡见不鲜。物质极其丰富、文化极其繁荣的国家,尽管其科技水准相对先进,但由于普遍处于农耕时代,她对落后地区不见得就有什么军事优长,更多的却是被物质所累——面对异常强悍的民族进攻反而失去了抵御力。

当秦国一切都还处于粗粝原始的阶段,齐国已经拥有相当细腻的生活了,那些贵族阶层可以说出有豪车居有华屋;齐都临淄,商业极为发达,一片歌舞升平。几千年前的孔子在齐都听了韶乐,竟然兴奋激动得三月不知肉味。

当年天下所有的美酒丝绸骏马,先是悉数集中于莱子国,囤积于黄县归城,再后来就是——齐都临淄。

今天的黄县只是古黄县的缩影。就像上帝有意为之、格外偏爱似的,这里三分之一是平原,三分之一是丘陵,三分之一是山区;另外还有自己的两个岛屿、一个半岛。从上苍的眼里看下来,这里可能就是一个美丽的盆景。几百年来,在葱茏的胶东半岛上,黄县一直是富饶安逸的代名词。

不说遥远的古代,只说一百多年前,这里是怎样的自然风貌?

根据记载，也还有老人的回忆，此地是一片茫茫无际的森林，到处流水潺潺，古树参天。

直到六十多年前，近海四十多华里的一片广袤还被自然林所覆盖，那时候的人轻易不敢单独深入林中，人人害怕迷路。四十多年前，沿海的林地虽然大大萎缩，但仍然拥有好几处林场，有一片片阔叶林和针叶林交混生长的十万亩苍茫，其中活跃着很多狐与獾、黄鼬之类；天上有苍鹰盘旋，草间有野兔飞驰。今天呢？苍鹰犹在，野兔尚存，可是林木只剩下了区区两万亩，而且以人工防风林为主。

如果人类的认识再深入到远古呢？那么这几十年来的地质勘探告诉我们，黄县龙口一带沿海并深入海中几十公里，当年全为茂密的丛林所簇拥。时光流逝，物非人亦非，无边无际的丛林被埋到了一百多米的地下，所以今天这里就诞生了中国第一座海滨煤田。

原来自从有了人类以来，我们就一直走在一条告别绿色的道路上。我们离曾经有过的那片莽林越来越远，越来越远，直到今天，已经快要走到了一片不毛之地。

泳汶湾

从书院往西不到十五华里就是泳汶湾。那是一片开阔的水湾，与大海似连还断。这片海湾简直就是一片硕大的湖，湖上水鸟翻飞，苇荻成片，岸边微浪拍击。

这个湾大致是平浅的，所以一直被儿童们喜欢。记忆中海边大人不允许自己的孩子去海里冒险，却乐于看到他们在这个河湾里嬉水。印象中只有在三十年前的一次发大水中，这个河湾才滚动着滔滔巨流。平时它总是清湛蔚蓝，给人一种平安温馨的感觉。

在北方，我几乎没有看到比这个河湾更漂亮的入海口了。因为与之有诸多交往，所以更不知道还有哪里比它更为可亲和多趣。小时候记得大人一声呼喊"踩鱼去了"，也就立刻欢呼雀跃。我们眼看着许多人手里只提一篮，再不带任何家什就往河湾里赶去，心里既好奇又兴奋。我们一群孩子尾随着，并像他们一样在不太深的水里抬高两脚往前走。这时候如果觉得脚下有什么软软的，且一动一动的，那就是踩住了鱼——快些弯腰取鱼吧。可是我们远不如大人们老练，往往踩得着鱼却取不到手——因为当脚下有什么一动时，我们的脚心就要发痒，于是脚板稍一活动，机灵的鱼儿就逃掉了。

我们都知道：要想踩住鱼，首先得练好脚心不发痒的功夫。

可是记忆中谁也没有练成。问了问大人们，他们的意思是说：一个人只有到了二十岁之后，一双脚才能持重耐搔，那时也就不怕鱼儿们了。说是这样说，谁有耐性等到二十多岁呢。

我只有十几岁就离开了泳汶湾，从那时起不再关心脚心痒不痒的问题了。

当年在河湾时，我们踩鱼不行，却是做其他事情的好手。比如我们可以一口气逮满大桶的螃蟹，可以在一片片的蒲苇中找出真正的小香蒲，既吃清香的蒲米，又烧烤如同芋头一样滋味的蒲根。

河湾四周有多得数不过来的云雀，它们一天到晚不知疲倦地欢叫，只有我们知道——空中每一只欢叫不停的鸟儿，它正对着的下方草地上都有一个隐藏得很好的小窝，那里面有它的孩子或还没变成孩子的蛋。我们如果耐心寻找，就会找到像一个精心编制的草篮一样的小窝，里面有三四枚蛋，或干脆就是几只长了绒毛的小雏。

关于捕捉小鸟的故事，大半有一个令人后悔的结尾。当年我们一帮人很快悟到了这是一种伤害云雀的勾当，所以到后来虽然依旧寻觅那些精制的鸟窝，但对触手可及的宝物只看一会儿、顶多是抚摸几下，然后就忍痛离去了。

今天，泳汶湾还在，可是一些迷人的情趣却只存于记忆之中了。它的姿容与昨日相比稍微逊色，比如水变得少了，似乎也不如过去清湛；还有就是，它周边的河柳与蒲苇也不如过去茂盛了。特别是河湾上空的云雀，它们都叫得懒洋洋的。

但无论如何，这个河湾仍旧是可爱的。在今天，没有什么比这样的小湖更加值得珍视的了。它离我们的书院尽管还有一段距离，可是我们一直把它看成是自己的宝物。

雾 锁 大 野

书院四周所有的林木，还有对面的大海与小岛，远远近近都笼罩在浓雾中。一连四天大雾没有消退，尽管时浓时淡，但最淡时也只能看清百米之遥的景物。记忆中很少这样的天气，竟然有如此漫长和严密的雾笼。所以白天没有晴空，夜晚没有星月。而北部海滨松林上空的蓝，白天与黑夜是怎样地令人心旷神怡，那绝非无亲临其境者所能想象。可是大雾之夜让一切都消失了，隐匿了，以至于万物不安，鸟儿们先是因为恐惧而一声不发、忍住，到后来惊呼四起，此起彼伏。那浓雾中的鸟啼啊，湿淋淋的，很像呜咽。

我觉得一连几天都像在被沾了水的丝线里缠裹，烦闷无言。走在林中，由于视觉的局促而变得小心翼翼，与林中的一切沉默对视。雾与冷结盟，与凝止的空气为伴。雾是海北的乌云滚滚南下的一个过程。

终于起风了，一丝丝增大的风把槐叶拨动了。松针一齐颤抖。莽野激动了。

一片蓝天闪烁出来。太阳发出了逼人的强光。原来雾海把一切笼在心中，让其长成了更为清新的明天。所有人都贪婪地望向四野，发出了舒心的长吁——当我欢乐的目光转向南方时，立刻就被折了一下。那里有几个大烟囱一如既往地矗立着，其中的一个正舒服地喷吐。我又把目光转向别处：西边的万亩丛林，北方的大海，东部葡萄园的氤氲。

这一刻，我突然那么怀念浓雾锁笼的日子。是的，那是浑茫一片的世界，那是梦想和幻念飞扬的日子，比起现在的懊丧，那时的郁闷已经完全不算什么了。

万松浦的动物们

因为有它们和我们在一起，我们才不寂寞。可是许多时候我们并不在意它们，甚至完全忘记了它们。于是我们现在有必要一笔笔记下来，虽然这也是挂一漏万的事情。有些很小的"它们"，这儿也只好忽略了。这一次像是林中点名，当我一个个呼唤它们时，苍莽之中真的有谁发出了声声应对，在回答我呢。

刺　　猬

在万松浦，一说起刺猬都会心情舒畅。因为这种动物憨态可掬，不仅对人友善，对周围的一切也都无害而有益。而且这里的刺猬非同一般地洁净，毛刺上简直没有一丝污痕。它们默默无声，待在自己的角落。如果接触多了会发现它们像人一样，是那样的有个性。有的毛手毛脚不稳重；有的十分沉着；有的自来熟，见了人一点都不陌生，一直走到跟前寻吃的；有的一见人就球起来，或者慌慌逃离。

有一天一只刺猬走过来，大家不由得围上去。都说它非常羞涩，而且面容姣好。我仔细看了看，发现它长得果然好看。最后，我们给它留了照片才放行。

小时候常听一些刺猬的故事。比如说别看它们笨手笨脚的，其实也有许多异能：会像老人一样咳嗽，还会唱歌——它们的歌声怪异，掺在风中，往往是一只领唱，其余的一齐跟随。那是使人幸福的歌，能听到它们歌唱的，就会有一些喜事发生，比如找一个上好的媳妇。于是许多少年和青年真的在林中寻觅刺猬的歌唱了，有时难免就把风吹林木的声音当成了它们的歌。

黄　鼬

它的名声不好，但是面容美丽。一个被半岛人误解了的精灵，孤独而痛苦。我们很少有机会与之面对面地注视，因为它们机敏无比，见人就跑，个个心怀恐惧。可能在它们那儿，装在心中的不幸记忆太多；关于人类残暴无情的故事，大概整个黄鼬家族内部都一直在祖辈流传。

远远地见它们一跃而过的情形不少。但面对面地、极近地注视只有一次。那是小时候在林子里，我当时正走在一片藤蔓地里，忽然觉得脚下有什么在乱动：原来有只小动物被藤蔓罩住了，它竟然一时不能脱身。我想这大概是一只鸟，或者一只小猫之类，于是就按住乱动的藤蔓寻找起来。它在下面钻动不止，左蹿右跳，突然从藤蔓的空隙中探出一张圆圆的小脸庞：那双水灵灵的大眼睛直盯着我看，惊慌之极。我的手一抖，它飞快钻进了藤蔓深处。

后来我才知道它就是大名鼎鼎的黄鼬。

有人得知了那个经历就说：幸亏你放了它，不然的话，它的家里人会缠住你的。我虽于心不甘，但还是有些庆幸。真的，关于它们有神力的传说到处都是。比如，它们喜欢让一些女性模仿它们的动作，舞之蹈之并说出一些怪异的事情。由于这种事频频发生，所以几乎没有谁再怀疑它的能力。有一次在书院议论起这些事，一个人表示了不解，并认为是不可能的。另一个客人马上就说："这有什么不可能的？世界太大了，万事万物我们才知道多少？要知道对于任何问题，各种生命都是从自己理解的范围内做出推理的——人从自己的角度看，总以为是自己管理和指挥了整个世界；而动物也会那样认为——比如黄鼬，就不知深浅地调弄起人类来了。"

他的话一时没人反驳。

就在那次议论不久，一天黄昏，我看到一只黄鼬从不远处走来。当它走过离我不远的地方时，突然想起了什么似的，回过头伏下了，两手一抄就端详起我来。它那会儿看得非常专注，而且一脸的好奇。它分明是在研究对面的人，一点也不害怕。我与之对视，想让它自己厌烦。但最后还是我挥了挥手，它才走开。

可见这里的黄鼬还没有受到伤害的经历，它们对人只有好奇而没有惧怕。

鼹　鼠

这种神奇的小动物让人叹为观止。它们是林间草地上为数众多的居民，却又轻易不露面容。看它们一眼多不容易啊。它们不像一般的鼠类那样令人讨厌，而像是超越了一般的"鼠"而多少变得可以观赏了。因为它们有特技，有上好的皮毛和十分滑稽的形体。看上去它们是何等的笨拙，浑身圆滚滚的，可一旦进入地下却又是何等的灵巧。一个掘进能手，一个真正的开拓型人士。我曾亲眼看过它在地下怎样突进：眼瞅着拱起一道凸起，这凸起层层推进，让地表开放着蘑菇出生前那样的花纹，竟然一直蜿蜒向前——如果这时跺跺脚做出一点声音，它会更加奋力开掘——一会儿凸起隐去了，可能地道在往下延伸。

我们无法想象一个小动物一边使用双手开掘，一边却又飞快向前是一种什么情形。因为这必是一种艰苦的劳动，这种劳动与飞速行走相结合简直有点不可思议。在万松浦一带，地上到处都可以看到这种花纹，它们弯弯曲曲，纵横交扯。你可以想象这儿的地下通道是多么发达，它的创造者会有多么自豪。我想真正高明的地道不是人类创造的，而是鼹鼠。

有一次，一个人正持锨翻地，突然就有一只鼹鼠从不远处开掘而来。于是他不动声色地等候，待那凸起和绽放的花纹延伸到跟前时，就猛地从旁一锨掘下去——他想把它翻出来看一看。谁知这小物件远超过他的机灵，就在那铁锨刚插下去的一瞬，它竟然突然改道而去,并且在地下来了个大转折——就像空中战机做了一个特技表演似的,一系列高难度动作就在几秒钟之内全部完成。当然那个人是失败了。他当时不服气,下狠力挖了一个很大的坑,嘴里咕哝着:"我就不信,我就不信!"结果除了弄得浑身泥汗,其余一无所获。

我看到鼹鼠是因为碰巧。有一次一个孩子不知如何搞来一只,喜欢得不得了,装在一个带盖的小篮中提着,炫耀却不示人。我提出想看一下,他也斜一眼,嘴动了动,并不开篮。这使我马上想起商品经济时代的普遍规律——这孩子如果提出"看一眼一块钱"的话,我是不会吃惊的。还好,最后他勉强同意了。

就这样,我有机会看到了它:一身最上等的皮衣,灰蓝闪亮,显然是一件最好的袍子。它的一对小翻爪就小心地蜷在身侧,像透明塑胶做成的一样。

红　脚　隼

这种鹰个头不大,可是胆子不小。我不止一次看到它俯冲下来,然后超低空飞行,甚至钻进窄窄的墙道里逮小鸡。不过这是在城郊,在万松浦它完全用不着那样,因为这儿的食物很多,它们可以安安逸逸肥肥胖胖。

一开始我在林子里把它们当成了野鸽子,因为初看颜色颇像鸽子。后来见它从高处直冲下来的英姿,终于知道这是一种猛禽。它的数量很多,从林中走一趟起码可以看到十几只。一般来说它的食物是昆虫,可是当野性发作起来时,就会毫不犹豫地攻击小鸟。

红脚隼也像鸽子一样成群,它们在一起时显得很顺从的样子。不过到底不是温和之辈,一转眼瞥见了人,立刻惊悚一振。它们是一些无所不在的狩猎者,每逢看到它们极为迅捷地扑在地上的样子,就会想起一个词儿:全力以赴。

野　鸽　子

它们的叫声让人回忆童年。那种咕咕噜噜的声音令人想起一片密不见人的丛林,想起远处像乌云一样茂密的乔木,想起一些关于迷途忘返和饥饿等等经历。咕咕咕,嘟嘟嘟,像儿童们猛力拉扯一种发音陀螺时的声响,还像从极近的地方听一个老汉大口吸水烟的声音。这种音色是极难形容的,以至于要想起那句老话:任何比喻都是蹩脚的。

我的印象中,只有旷野里,只有深密的林子才有像样的野鸽子在叫。或者也可以说,没有野鸽子啼叫的林子是不像样子的。在它此起彼伏的叫声里,会有一种返回大自然的得意萦绕心头。

它们的呼唤充满了某种野地的气味。这种气味有些刺鼻的辛辣,还有一些奇怪的诱惑力——它诱惑着林中人向深处走去,再走去,一直走到迷路。

海　鸥

这里的鸥鸟当然是很多了。它们待在海边,可是近海松林也是它们的另一片玩耍之地、安歇之地和生产之地。这里主要有银鸥和燕鸥。从书院往西十华里左右的屺崛岛上有大量的风蚀崖洞，那里才是海鸥最好的栖息地。我们每次从风蚀崖下绕过，都会惊起许多海鸥。大概由于万松浦一带没有岩壁可以做巢的缘故，所以鸥鸟不得已也要光顾一下密林。这就难为了它带蹼的爪子。

在海边徘徊，没有什么比观看群鸥再好的事情了。望着它们搏浪嬉戏，健美的翱翔，倾听一声声难以模拟的、不无撒娇之气的鸣叫，你会觉得海边的生活真是神奇多趣。这里的生活就像这里的空气一样清新。海鸥双翅的形状以及它们的滑翔之态，可以让人认识到什么才是世界上最完美的飞行。

万松浦的鸥鸟数量极不稳定：有时多得如同白云落地，银片翩飞，它们在浪缘上踟蹰一会儿飞旋一会儿，起起落落令人惊叹。有时又三三两两，不知所向何方。这些海鸥有时可以让人离它们很近，于是就可以仔细地端量，看清它们真正的模样——你会惊叹其体积比原来想象的要大得多，而且竟然如此肥胖健硕：无一丝污气的白羽，高高挺立的胸脯，润滑流畅的双翅，一切都是那么完美。

如果一片海岸上没有了鸥鸟，那么这里的韵致大约就要损失许多。在这里，春天是银鸥最多的时候。

斑　鸠

我们过去的课本上有这样一句："大斑鸠，叫咕咕，我家来了个好姑姑。"从此它和姑姑温厚的形象连在了一起。可是那时我们并不知道斑鸠的样子。其实我们从很早就逮了斑鸠来养,只是不知道,一直叫它为"山鸡",以为是从南部山区飞来的一种小野鸡。春天和秋天是两个捕斑鸠的好季节,记得春天捕的是棕色的,而初秋捕的是带绿色条纹的,而且更肥。比起麻雀来,斑鸠显得大大咧咧多了,它们很容易就可以被我们逮到。

童年是与动物为伴、特别是与鸟儿为伴的时期。身边有一只大鸟并且能够听候调遣,那会是一种多么大的光荣。我亲眼见过有的人——一般都是比我们大一些的人,养熟了一只麻雀甚至是一只喜鹊:一挥手它们就飞去,一招手它们就返回,而且从落在肩膀上手臂上的样子看,真是亲如一家。为了馋我们,拥有这些鸟的人故意与它们做出一些格外亲昵的样子,比如和它们贴贴脸、吻一下它们尖尖的小嘴等等。这是多么让人嫉妒的事情啊,这种嫉妒的感受是长久不能忘怀的。

可是不记得有人与斑鸠结成了那样的关系。斑鸠随和然而并不与人过分亲近。它们在笼子里时当然是一副被囚的样子。然而我们总是在最后时刻把它们放掉,还它们以自由——就像我们对待其他可爱的鸟儿一样。有人会因为这个而夸我们善良,这才是最重要的。记忆中我们曾把自己心爱的鸟活活养死了,结果换来的是不可承受的痛苦。

万松浦的斑鸠太多了,但现在已经没人想到要逮来饲养了。它们是我们童年时期与之打交道最多的鸟儿之一。

草　兔

　　每次走进林中都要遇到草兔，一年四季莫不如此。看着它们的两只长耳摇动而去，疾飞如箭，觉得林子里真是生气勃勃。在万松浦所有奔驰的动物中，一般都认为数量最多的就是草兔。它是所有动物中胆子最小的，可能也是最善良的。如果就近看一下它可爱的模样，特别是它幼小时候的小脸，就会从心里疼爱起来。

　　有一天剪草机从书院的三棵大水杉树下惊出了六只拳头大小的野兔，于是给我们带来了诸多的喜悦和麻烦。没有办法，它们的双亲惊跑了，它们还在吃奶，也只能由我们收养起来。可是这六个小东西如此美丽又如此胆怯，在人的手掌中只是颤抖。我们为它们买了奶瓶，可是小而又小的三瓣小嘴根本塞不进胶皮奶头。

　　这在大家眼里已经是六个小艺术品，而不仅是幼小的动物。就在费力焦心地往它们嘴里塞奶头的同时，大家也正好仔细观察了一遍。原来过去只是粗略地知道它们是怎样的长相，而对细部并没有多少真正的了解：水汪汪的一对大眼睛上，眼睫处像文上了一道金边；最绝的是小鼻子，鼓鼓的而且无比小巧，有点像猫的鼻子缩小了几号；整个面庞和神气让人想起一个稚气而甜美的少女——可爱是不用说了，但是怎么挽救其生命呢？

　　最后总算想出了一个办法：找一个注射器，再把针头换成气门芯。这样它的小嘴倒是能够含得住了，但如何让它们吃奶呢？总不能用注射器硬往里推吧？

艰难的两天过去了，第三天上总算有了转机：小家伙们熬不住了，饥饿战胜了恐惧，终于开始含住特制的奶嘴吮了起来。

一个月过去，如今它们已长到了二十公分，弃奶食草，以院为家，欢快健壮。

林子里常有被其他动物所伤的草兔，祸首未知。有人说是鹰，有人说是狐狸，还有人说是豹猫。我们同情无边然而能力有限，只有叹息：可爱的草兔，食的是草，命运也像草。

豹　猫

这种凶物初一看像猫，其实却是猫的天敌，可称为动物中对立的一面、一极。因为一个极柔顺，一个极残暴；一个不离人侧，一个狂驰四野。万松浦一带是豹猫的广阔天地，它们在这里正可以大有作为。对它们来说，这儿真是吃物丰盛，衣食无忧，而且也没有太多的对手。

我对于豹猫原也喜欢，后来却十分恼恨，这都是因为听来的一个故事——据说这故事毫无夸张，完全是真实的。故事说的就是豹猫与猫的关系：猫只要遇到了豹猫，立刻会吓得浑身打战，一动也不敢动。因为它们原都属于猫的大家族，所以相互之间说话还听得懂。豹猫不断发出命令，猫都要一丝不差地照着去做。豹猫前头走，猫则紧跟后边。它们来到了水潭边，豹猫就让猫不停地饮水，直喝到肚子滚圆再吐。就这样饮了吐，吐了又饮，目的只为了让猫把肠肚洗得干干净净。洗过了，豹猫就把猫吃掉了。

多么残忍。而且还有"本是同根生，相煎何太急"之悲。

豹猫的凶和勇是有名的。过去有许多猎人谈到它，都瞪起眼睛说一句："啊呀！它呀！"因为它们看上去形体并不很大，再说面目像猫，往往不被提防。实际上这种动物真有豹之猛厉、猫之灵捷。它们不仅不怕人，而且还主动挑衅，常于冬夜蹿于民宅，搜吃物寻生灵，狂撕乱扯一通。那时候它真正是飞檐走壁，一纵无踪。

豹猫的来历有两种说法：一是走失的猫在野外久了，性情巨变，野性勃发。二是豹一类偶尔与猫一起，生出了这么一种物件。我看后一种说法有点滑稽，所以不信。倒是前一种说法容易理解，因为境迁情移，并且被孤苦所逼，猫本身就可以走向另一极的。这就像很好的人民，其中有个把做了土匪的，其凶残往往让人震惊。

喜　鹊

这是一种惹人喜爱的美丽洁净的大鸟。它十分聪明，如果蓄养日久，就会发现它许多有意思的举止，知道它有趣而且善解人意。它依恋人，顽皮并且撒娇，给人的安慰有时多少接近于猫和狗。中国人喜欢喜鹊，这从取名上就可以看得出来。可是西方有些国家特别喜静，觉得它太聒噪，因而讨厌。让中国人不理解的是，如此美丽的大鸟，它的声音只会是对人间的祝福，是喜庆之声，怎么能厌烦呢？

书院里的喜鹊常常成群结队，这让我们引以为荣。我从未在其他地方见过这么多的喜鹊，因此也认为万松浦实在是一个吉祥之地。每天走在石板路上，总有一只只喜鹊在前后拥护叫闹，它们相互响应，声调不一，让人想到非同一般的欣悦和欢快。

在秋天日暮时分，喜鹊愿意安静地落在院子当中的几棵大水杉树上。它们这时沉默了，可能在思索忙碌的一天，稍稍总结；也可能正在欣赏落日和云霞。

啄　木　鸟

关于它们是林中医生的说法虽然广为人知，但真正给人以体味的却是在今天的林中。看到一只只啄木鸟伏在那儿敲击着，你会想到它们正在皱着眉头辛勤工作，比如正做一种号脉或手术一类的事情。这儿至少有两种啄木鸟：棕腹啄木鸟和灰头绿啄木鸟。前者是一种非常漂亮的鸟，彩色鲜明，真是技艺高超长得又好。以前曾有人把它们当成了观赏珍品，怎么也不相信这就是啄木鸟。在许多人的逻辑那儿，只要是极为好看的事物，就一定是中看不中用的。人们习惯于把观赏和实用分开。这也是实践中得来的，比如人，一旦长得太好看了，就往往不愿下大力气干活了。

如果一个人既像棕腹啄木鸟那样好看，又能像它一样始终辛勤地工作，那就一定是人世间的宝物了。人们会让他（她）的美名四下流传。

我们书院中刚刚移植来一棵大水杉，不久就给一只棕腹啄木鸟弄开一个洞。一棵大树上有了鸟洞，虽然多了一点诗意，但也少了一点完美。有人说：这棵树肯定是生了虫。

林子中的洋槐和钻杨常受虫子袭扰,因此也真是亏了啄木鸟们。看着它们垂直贴伏在树干上并且能够转来转去、歪头摆脑的模样,心中就会泛过一阵感激。许多动物都在默默地帮我们,以自己的特技,或至少以歌声来援助我们。啄木鸟的敲击声就是林中最清脆的梆子,特别是在浓雾天气,那时这是原野里唯一使人振作精神的声音了。在它的声音里可以安心读书,也可以想想天晴之后去采蘑菇之类的好事。

云　雀

她仅仅以自己的歌声成了万松浦的标志。有人回念在书院里居住的日子,竟然首先想到了云雀那不倦的歌唱。她在高空里凝成了一个小点,响亮的、不愿妥协的歌声就从那儿布洒下来。她仿佛一直在重复同一类歌词:乐乐乐乐、可乐可乐、真是欢乐、我们真是欢乐欢乐然而还是欢乐!

她的亮喉让最好的人间歌手嫉妒当是自然而然的事情。她不倦,不蔫,永远的乐观主义者,永恒的大自然的歌者。在一片草地或林木之上的高天中,她是自然神悬起的亮喉。有人说她在为自己幼小的生命而歌:就在与她垂直的地面上,有一个隐藏得很好的小草篮,那就是它的窝,里面正有她的几只精巧的卵,或者干脆就是几只娇嫩的小雏。她的目光大概比得上鹰,因为她可以在高空里用目光爱抚它们。她看着自己的孩子,心中爱意汹涌。她要把小雏们一口气唱大、唱醒。

也就在这样的歌声里，万松浦迎送着自己的生活。这儿四处都是云雀的窝。

树　　鹨

一片林子里因为有了树鹨就显得热闹一些，因为它是最不安分的一种鸟，飞起来一荡一荡的，像打秋千。当地人从来不叫它的学名，只喊它"痴大眼"。这可能是与麻雀相比较而得出的一个外号：不像麻雀那么警觉，有点大大咧咧的。它的眼睛并不大，说它"大眼"，是指它的马马虎虎。如果小心一点，可以凑得很近去观察它——它只顾忙自己的，不太在乎。树鹨不仅在树上忙，而且在水渠边，在红薯地里，到处都可以看到它的身影。

儿童们常常捉了树鹨，一心一意养活它。他们将其握在手里抚摸着："多么胖啊，这么多肉。"如果是一只麻雀，这个时候只会是一阵急急喘息，因为那是极度的紧张和气愤——谁都知道麻雀是气性最大的一种鸟，被捉后不吃不喝，会活活气死。树鹨却是一副随遇而安的样子，东张西望一阵，然后就开始啄人的手：轻轻地啄。不过几乎所有的树鹨都能成功地逃脱，这当然是因为孩子们的大意：他们真的以为它只会痴痴地瞪着一双眼睛呢。

在万松浦，每当半下午时分，这一只只"痴大眼"就开始激动起来了。它们的飞行很像大海浪涌上的小船，起起伏伏，真的有一种漂荡感。

杜　鹃

　　万松浦有许多四声杜鹃和两声杜鹃。所以一进林子里首先听到的就是它们不倦的呼唤。比起野鸡和野鸽子此起彼伏的叫声来，它的声音显得更为亲近——简直就在我们身边。它的声音是透明的，清爽脆亮的。我们很难想象没有杜鹃的林子会有多么暗淡和寂寥。

　　客人住在书院里，常有的一个感叹就是：这种鸟可真能叫啊！是的，整个的春天和夏天，从白天到夜晚，整整一个长夜它都在呼叫。二声杜鹃和四声杜鹃都在叫。一刻也不能停歇的呼叫，这到底是歌唱还是呼唤？我们宁可相信是后者。就由于这不能停止的呼唤，所以才有"杜鹃啼血"之说。

　　要真的体会杜鹃这奇异的啼鸣，只有到林子里住上一夜才行。这彻夜不休的声音会让人半夜坐起来，一边倾听一边牵挂，发出阵阵猜测：为什么、为了什么？是悲伤吗？是孤独吗？是寻找吗？是渴望吗？它面对的是茫茫林海，是百鸟喧哗或者死寂的长夜——无论何时，无论何地，它总是这样呼叫，不能停止。

　　有人说：它正处于"发情期"。是的，发是暴发，情是爱情。一只美丽的鸟儿暴发了爱情，只能是这样。我们不知道比较其他的生命，这种鸣叫究竟意味着什么。在它并不太大的躯体内，竟然蕴藏了这么盛大的爱、这么多的情感和力量。这种巨大的消耗也只能为了爱情，它在为爱情啼血。这种啼叫甚至让人有一个不祥的猜测：或者是绝望和死亡，或者当千呼万唤之爱到来时，它会因为巨大的耗损而倒地不起。

獾

在这儿，许多人常把一个慌慌逃去的狗獾或猪獾当成了狐狸；再不就说：我刚刚看到了一只狼。如今，獾和狐狸在平原上已经是最大的野生动物了，而且繁殖力强，踪迹不绝，泼泼辣辣地打出一些洞子，神出鬼没。人们一提到獾就会想到那个骇人的故事，因为小时候或许都听到过一些人对它的奇特描述：獾是不咬人的，它只是太好奇了，见到人就要与你玩耍，不停地胳肢你，让你笑、笑，不停地笑——你越笑它越是起劲地胳肢你，直到你笑得绝了气。它只有看到你一动不动了，这才灰心丧气地走开。所以家长常常这样告诫孩子：去林子的时候，特别是上学的路上，如果遇到了一只獾，千万不要和它靠近，更不要和它玩；如果它动手胳肢你，你可一定要咬着牙忍住啊。

獾的一张小脸十分生动，特别是狗獾，模样并不难看。十几年前我曾从不远处观察过獾：它正吃海棠树下的一只小香瓜，那咯吱咯吱的声音、抬起爪子舔食的样子特别可爱。就因为它乐于在土洞里钻来钻去，人们一直认为它是一种不洁的动物。人们不吃獾肉，但十分珍惜獾油，一直把它当成医治烫伤的首选良药。

记得有一年，林子里有一个酒鬼去会自己的亲家，由于酒喝得太多，回家的路上遇到了大雷雨，结果倒在花生田里淋了一夜。第二天人们找到了一个半死的人。他被抬回家去，一直医治了好久才能出门。事后谈起这个经历，他却一口咬定自己遇到了貛："它的小手啊，搭上你的胸口就开始了胳肢，再也不愿拿开了。还好，最后我就对着它的小嘴呵气，不停地呵气，直到用酒气把它呛跑了算完……你看，酒是好东西啊，酒救了我一条命。"

夜里，每当书院的狗突然急急地咬起来，有人就说："是貛来了，貛又进门了。"令人不解的是，貛每夜都要来，它到底要来这里干什么呢？

狐　狸

狐狸的智慧和美貌都是招人嫉恨的，所以一直有人把它比作媚女，还要说："像狐狸一样狡猾。"可见它压根儿就是一种不凡的生命。不必翻蒲松龄的书，万松浦一带的人都能讲出许多狐狸的故事。这些故事来自生活，而不是来自书本。因为听这些故事太多，并且讲述者总是言之凿凿，所以大多数人并不怀疑狐狸所具有的神奇能力。在这儿，最具有神力的动物就是狐狸，其次才是黄鼬。

我们这儿有赤狐，有人不止一次在河岸上看到缓缓离去的狐影。一年初冬，有人起早赶海，就在一条小路上看到了一条身上沾霜的狐狸。因为它蜷在那儿不打算让路，他也就停下脚步。他做一个威吓的手势，它也做一个。他用手里的镰刀当成枪向它瞄准，它这才懒洋洋地离开。赤狐肯定也是有神力的。因为过去的林子更大的缘故，关于狐狸的传说也就更多。它们可能实在太寂寞了，总是时不时地走出林子找人逗一点乐子。比如说它们最愿做的一件事就是扮作一个美丽的姑娘，因为它们特别知道这将多么招人喜欢。看着一个个男人在它们面前大献殷勤，心里一定乐开了花。再就是半夜里在林子深处哀伤地泣哭，直哭得肝肠寸断——有人到林子里寻找时，会发现这哭声永远在前边、在林子的更深处。

赤狐可能比一般的狐狸更为嗜酒。常常听说它因为醉酒露出尾巴的事情。海边上许多人都知道这样一个故事：在过去家家都酿私酒的年代，曾经有一只赤狐夸口，说它尝遍了村子里所有人家的酒——那是一个中午，当时它正幻化成一个人人都熟悉的教书先生的模样，走在街上，还戴着一只缺腿的眼镜。可惜它真的喝醉了，蹒跚着，一条尾巴拖得老长。

在河边上看果园的老人最愿讲的就是他亲眼目睹的一件真事：有一天中午很热，他正铺了一片席子在高粱地边歇着，突然听到有人咔哩咔嚓骑着一辆自行车过来了，他抬眼一看，倒吸了一口凉气——原来骑车的是一只狐狸，那车链子都锈了。他大喝一声，那狐狸扔下自行车就跑了。

在林子里，人们只要遇到了一些不可解的事情，总是说一句：大概是狐狸办的吧？这样问一句也就模糊过去，凡事不求甚解。所以，狐狸对人来说也像其他事物一样，总是有利有弊：一方面它使生活增加了一些浪漫的想象、一些情趣，另一方面也使人遇事不再细究，减少了一些科学追问的精神。

蛇

我们这儿以前蛇是很多的,现在不知为什么变少了,许多天都见不到一条。人天生是怕蛇的,总是将其看成最可恶最令人恐惧的东西,为了表现自己的勇气,只要见到就要设法消灭它。这是多么大的误解。后来才知道它应该是人类的朋友,并且有权利与人一起生活在这片土地上。

据说蛇也是有神力的动物之一。万松浦一带最多的是蝮蛇和一种花花绿绿的水蛇,但很少听说它们伤害过谁。总是人在打它们,还编造出一些故事中伤它们。像白娘子那样美化蛇的故事是绝无仅有的。尽管如此,那个故事中与母蛇在一起的男子还是脸色可怕,因为蛇属阴,它太凉了。人蛇相恋,这多么可怕,这可真想得出来啊。有人问:蛇不过是细细的一条,怎么与之相恋?这不过是扯淡嘛。

蛇的神力在童年时期曾经有过一次实证。那是一个星期天,我们一伙学生在海滩上玩,其中有人一连打死了两条大蛇。结果回家的路上不断发现有蛇挡在小路上——惶恐中有人又打死了几条。于是更可怕的事情发生了:只要往前走就有蛇在挡路,它们太多了,多得就像乱草一样,一绺绺封住了所有的路径。

我至今记得小时候那片恐怖的槐林,它太大太密了,黑乌乌立在海滩一角。从来没有人敢去那儿,因为据说它属于蛇的领地——那里盘踞着无数的蛇,真是要多少有多少,其中有个蛇王,它是一条比手臂还粗的、头上长了鸡冠的大家伙。黑色槐林那儿常常传来一声声奇怪的鸣叫，有人说这就是蛇王的叫声。那片林子阴气森森，这完全是因为蛇的缘故：蛇是真正属阴的，它很凉。

直到十几年前，那片神秘的林子才最后消失。那当然是工业化带来的后果，因为厂房一直要往前推进。可是从来没有听说蛇王及其子民有过什么反抗、产生过什么故事。看来工业化是无坚不摧的，它呈现出与蛇的属性完全相反的另一极：阳性特别强。

我们书院有一天发现了一条小小的青蛇，大家不仅不怕，反而引为稀罕，围着观看。司机小镰被它小巧的、光滑的身躯吸引了，于是伸手抚摸了一下。谁知小青蛇一阵恐惧中张开了嘴巴：小镰的食指上立刻留下了两个米粒大的印痕，还出了血。这时大家才想起蛇是有毒的，嚷叫起来。可是小镰笑笑说一点也不疼。他把小青蛇放到草地上，擦擦手。后来小镰果然无恙。

鹌　鹑

"俺那闺女老实得啊，就像一只小鹌鹑。"这是一位老太太说过的话，让我一直不能忘记。我感到好奇的是，像小鹌鹑一样的姑娘会是怎样的啊？鹌鹑是一种最朴素的鸟，它常常因为自己的弱小而招人疼怜。我看过那些饲养鹌鹑的人家，它们一群群围在主人身边讨要食水的模样，真是可爱之极。

我第一次仔细地观看和抚摸鹌鹑是在几十年前的夏天。当时我们学校支农拔麦子,有人干到接近中午时分突然大呼小叫起来,于是大家都围了过去。原来他逮到了一只鹌鹑。他诉说着整个过程:这鹌鹑被发现后就一直沿着麦垄往前飞跑,他就追赶,"它跑得可真快,我好不容易才把它捉住。""它为什么不飞呢?"他回答:"它忘了。"

鹌鹑因为善跑,有时真的要忘记了自己的翅膀。鸭子和鸡,都是忘记了翅膀的飞鸟。翅膀是为天上准备的,而两条腿只能留给人间。

一个小姑娘刚逮了一只毛茸茸的小鹌鹑,用手捂住往前走,嘴里唱着:"鹌鹑是小鸡,喂它一点米;下了两个蛋,变成小弟弟。"这次我好好看了一下她的小鹌鹑,发现它的眼睛有着难以消除的羞涩,栗色羽翼就像一件素花衣服,颤颤的小腿让人想起刚刚进城的山里娃娃。我想把它颌下芜乱的绒毛理好,每动一下,它都不安地看我一眼。

青　　蛙

好久没有这样的情形了:入夜后,躺在床上听阵阵蛙鼓。那是许久以前的记忆了。可是如今在万松浦,又可以找回这样奇妙的感觉了。蛙鼓就来自旁边的河,来自院中的小湾。

谁还记得这样的情景:河边紫穗槐棵子里有高高低低的鸣唱,你蹑手蹑脚走过去,伸手摇动一下灌木枝条,树棵里就噌噌蹿出无数的青蛙,那真是万箭齐发。

青蛙的模样千奇百怪，不可胜数。有的通体像翡翠一样碧绿，有的长了粉红色的花纹；有的个头胖大，有的小巧玲珑。有个南方人站在河边看了一会儿，咕哝说："这是一道菜啊，田鸡田鸡，这里不是太多了吗？"他后来真的找来一面小网，只一转眼就捕了一大桶。可是当他拎着桶不无炫耀地往回走时，却遭到了许多白眼。

半路上，南方人把那桶青蛙放掉了。

蟾　蜍

它模样难看，令人不敢久视。一只老蛤蟆身上有无数疙瘩，眼睛的颜色都是红的。最老最大的蟾蜍像碗口那么大，步子极为缓慢，步态很像一只龟。它一动不动时模样威严，沉默、阴郁，想吃东西时就紧紧盯住树枝上的那只蛾子——只需几秒钟蛾子就一下掉进了它的嘴里。这就是它注视的功夫。它的目光里有一种阴沉可怖的特殊力量，这就是：眼力。

这一带的人没有不知道蟾蜍有这个功力的，所以从来没有人与之对视。今天看，也许它能够从眼睛里发射一种微波之类的东西。直到现在，只要一说到"眼力"这个词，我马上就会想到蟾蜍的眼睛。

现在的万松浦，像记忆中的那种大蟾蜍已经不见了。为什么？不知道。一群群的中小蟾蜍随处可见，它们入草丛进水湾，忙个不休。可是它们一般来说是没有什么眼力的。

沙　锥

　　来这儿的朋友常有一种误解,以为在海岸上飞跑或翩飞的小沙锥就是等待长大的小海鸥。跟他们解释没有用,他们不信。而我们这儿的人从小就知道二者是不同的。海鸥走路笨拙,而沙锥有极好的跑功,它这一点很像戏曲舞台上的某些人物。沙锥虽小,但如果能从近处看一下,就会发现它们有一副老成持重的样子,并非是什么小雏。龙口当地人对这种小而老成的模样叫"小老样儿"。

　　沙锥比起海鸥来,就长了一副"小老样儿",是可爱之极的一种鸟,平时在满是粗沙粒的海边飞跑,成群结队。在退潮线上的浅水里,它往往用怪异的目光注视着水流,颀长的双腿一瞬间凝止不动。有时候海边上食物不足,它们也要远远地飞向海滩深处。

　　小时候与沙锥的亲密接触不是在海边,而是在收获过的红薯地里。那里已变为初冬的一片沙子,不过比海边的沙子要细得多。我们用垫上了玉米秸秆的铁夹子捕捉沙锥,这样就可以不伤到它们。铁夹上的小玉米虫一动一动引诱着,它们一群群地往前疾走,从不生疑,遇到吃物一定要伸出嘴巴。所以捕它们是很容易的,远比捕麻雀要简单得多。那时我们曾经捕了多少沙锥啊,每一次都引起一阵欢呼雀跃。第一次凑近了看它时曾感到万分好奇:看上去形体紧凑的小鸟原来这么胖啊!于是我们就给它取了个外号:肥。

来此地的客人总是说：瞧这儿多么好啊，有一群群的大海鸥，还有一群群的小海鸥。还议论：大海鸥能飞到海的里边，小海鸥还不行，它不敢啊。

百　灵

百灵和云雀让人分不清，如果离得近了，凤头百灵头顶那一小撮毛发倒是很好的标记。这儿的百灵一度和云雀一样多，后来不知为什么百灵就更多地飞往南部山区了。山区的人赞不绝口的只有百灵，他们从不言及云雀——或者他们以为二者是同一种东西，只不过像其他物品一样，仅仅是"牌子"不同罢了。

百灵的歌声就像云雀同样美妙，但节奏稍有不同，听起来更为浑厚和婉转悠扬。它在山区和平原上过着无忧无虑的生活，压根儿就不能体会城里人装在笼子里的百灵是怎样一种心情：据说一旦失去了笼子，那些城市百灵是很不习惯的。

有一个剧院门口贴了一张海报，上面夸某位歌手为"小百灵"。当然，这只能是在歌声方面谦虚地称"小"，而绝不是在形体方面。如果是一位杰出的女高音，是否可以称为"小云雀"呢？

百灵就像云雀一样，成为我们万松浦最引以为荣的绝妙歌喉。

麻　雀

有人说这是真正的平民之鸟，它们无所不在，平凡无奇，然而异常顽强。它们也像平民一样为数众多，不被珍视。可是谁又能忘了麻雀呢？你一时会想不起天鹅，尽管它是那么高贵。麻雀像种子一样撒遍大江南北，无论城乡和远野，都是它的生存之地。它没有婉转的歌喉，绚丽的衣装，也没有雄健的体魄。它真的只是一种再普通不过的鸟儿。在许多时候它就是鸟儿的代名词——它可以代表它们，因为我们首先想到的是它，它就近在眼前，就在窗前和屋檐下，就在童年的手上。

一个地方如果连麻雀都没有了，很可能其他的鸟儿也很难见到。它与大多数人一起生活，甚至是一起悲欢。在寒冷的冬天，大雪铺地的日子，麻雀无处觅食的窘境多像断炊的贫民。那时候它们落在一家一户的院墙上，小声地议论着，瞅着屋内。北风吹起它们已经不再整齐的羽毛时，它们都顾不得像往常那样掉转一下身子。

连日大雪封地之后，总能看到有麻雀死去。这就是鸟儿当中的"路倒"。

我注意到城里的麻雀：它们差不多都是羽毛发黑，紊乱，可爱的肚腹也不再是白白的。有的麻雀甚至是乌黑的，那大半是在烟囱旁取暖时弄脏的。城市已经没有一片干净的地方可供它们栖息，落脚之地尽是垃圾，尽是汽车尾气和人流车辆搅起的暴土。可是它们已经无法离开，因为它们就像大地上的贫民一样，故土难离。它们不是游牧民族，不善于大幅度长距离地迁徙。

而万松浦一带的麻雀是洁净的，它们停留的是海风吹拂下的白沙绿树，是被雨水洗过的干净的屋檐。我每一次看到这儿的麻雀，就会想到城里的鸟儿，我在心里问：你们和人不一样啊，你们没有单位，没有户口，也没有各种家具的拖累；而且更重要的是，你们有翅膀啊！你们为什么不离开呢？你是会飞的生命啊。

可是我也知道，大多数生命还有一个属性，那就是依恋。对于一些更优秀的生命而言，在许多时候真的是很难一走了之的。

野　　鸡

"我在这里看见大野鸡了！"来万松浦的客人往往在第一二天就这样说，一脸的欣喜。这对他们来说很可能是第一次——以前都是在动物园里见识到它们的模样。可是动物园里的野鸡不太叫，它们那时候因为孤寂，总是沉默多于欢愉的。而这里的野鸡却是旁若无人地大叫，因为它们自在，也因为自豪。从记事的时候起它们就在林子里呼叫，那是这些野鸡的父辈吗？可见我们这儿的人与它们至少也有两代之谊了。

任何的一片林子，如果没有野鸡沙哑的大叫，就不会显得有多么深邃，也不会呈现出应有的野性。林莽之气的一多半是来自野鸡的叫声，其次还有野鸽子的声音。如果野鸡不太怕人，如果它能够公然在离人几公尺远的地方四下张望并迎着你放开喉咙，那会是多么有趣。

有一天下午，书院的人正在菜地里忙着，突然就有一只母野鸡领着一群小野鸡从林子里出来了。那一大群精致的小鸡至少有七八只，悄没声地跟在母亲身边，真像童话一样可爱。这时候公野鸡不在,那个做父亲的不知到哪里去了。

公野鸡常常入画,就因为它有一条彩色的长尾。孔雀开屏太有点南方的夸张了,于是北方的野鸡甩着长尾一飞,肥肥的身躯掠过林梢,更是呼啦啦生动逼人。

奇怪的是这里的人几乎没有找到过野鸡的窝,当然也没有看到它的蛋。但常有人饲养过小野鸡,并且把它巧妙地混在家养小鸡中,让老母鸡把它带大。野鸡的深色翅膀很快就在鸡群中凸显出来,并且最先为猫所注意:它看看小野鸡,再看看主人。

燕　子

这里的燕子主要为家燕和金腰燕。人们是多么珍惜这种鸟啊,简直不是把它当作鸟来看待的。它在鸟中的地位,多少有点像猫在四蹄动物中的地位,即与人的关系特别亲近。"那是燕子啊",经常看到怀抱小孙子的老爷爷指着落下来的两只燕子说。小孙子刚刚十来个月大,望向燕子的眼神还有些恍惚,一副懵懵懂懂的样子。可是他从这么早就开始结识这种非同一般的鸟类了。

我常常想,燕子到底是怎样确立与人的这种特殊关系的?它们与人如此亲近,却并非像鹰一样喂熟后可以为人驱使,也不像鸽子那样围在人的身前身后。猫在人这儿获得了独一无二的特权,比如在人的词典里,猫可被称为"男猫""郎猫""女猫"等,其他动物则不行。无论是农村还是都市,它们习惯上都要与人同眠,可以随时随地跳上床头炕头。而即便是一只小狗，随意跳到炕上也是不被允许的。这大半是因为猫的娇媚和洁净，它们大多时候是一尘不染的。燕子却从不接近人的身体，但它把窝筑在一户人家的房檐下，这户人家就会觉得受到了奖赏一般，十分高兴。有的燕子甚至把窝筑到了屋内——这在今天的城里孩子看来可能是不会理解的——但这一户人家却真的会因此而更加高兴。

比较几种动物与人的关系：狗常常与人合作；猫特别让人亲昵；而燕子更多地使人尊敬。

黑色的燕尾服，雪白的衬衣，燕子在打扮上是个西化的绅士。然而它却是中国乡土民众的挚友。连最贫穷地区的人都知道不可以打燕子，连最小的孩子都知道这是一种获得了豁免权的鸟儿。他们都小心翼翼和真情实意地对待来到自己家的燕子。燕子最喜欢成双成对地待在一起，并且能够像人一样夫妻双双地忙碌，饲喂自己的小孩，一点一点将其养育起来。

在我们万松浦，燕子同样是最高贵的鸟儿。

雀　鹰

如果在阴冷的天色里呈现这样一幅图景：北风吹拂着野地里一团团的滚地龙草，一只雀鹰正从它们中间起飞，就会让人感到最严酷的冬天已经来到了。雀鹰那灰乎乎的身躯在万松浦的上空活动时，实在是显得触目。

有一天，这儿的天空翱翔着四十多只苍鹰——其实只是雀鹰。

那是一个初冬的下午，其情其景让我印象深刻。

书院东河那儿就有雀鹰的窝。我们常常可以看到一只雀鹰抓住一只什么猎物从院子上空飞过，那模样让人想起一架飞机悬挂了炸弹在飞翔。

有人以为雀鹰是小个头的，而红脚隼却有可能是大的，这是一种误解。雀鹰其实还要大一些。雀鹰捕捉鸟儿的残酷场面我们没有看见，但我们书院松林里常常有鸟儿凌乱的羽毛。一场血腥的战争和杀戮总是从我们的眼皮底下滑过，看来雀鹰是善于速战速决的。也许正因为这里的鸟儿太多，所以才有这么多的食肉动物。可是同样是长了双翅的，却要以另一些飞翔的生命为食，这是多么残酷的事实。这是一种可怕的象征。

这里苍鹰很多，另外还有一种更大的鹰：狂鵟。如果有一只鵟飞向了高空，有人就会指点着喊："看哪，老鹞子！"它们比红脚隼和雀鹰更为猛厉，能够捕捉飞驰的草兔。

大　雁

大雁路过万松浦时常要留下来玩几天。它们在稀疏的苇棵间慢慢挪步的样子很可笑。一些猎人很喜欢它们能在这儿逗留，还给它们取了个外号："老呆宝"。小时候曾看到一个矮个子老人挎一个篮子低头在青青的麦田里走，问他干什么？答一句："拣大雁粪。"我们争着去看他的收获：篮子里只有几块光滑的、白色的圆柱形东西，根本就不像粪便。问他干什么用？他答：

"做药材哩。"

往昔里，午夜有两种声音是最迷人、最难忘的。一种是天空过大雁时的鸣叫：像小儿低语，像婴儿在笑。这声音让我们在心中默念："一会儿排成人字，一会儿排成一字。"一种是马车在不远的路上通过时，马蹄发出的咔嗒声：不脆也不艮，不响也不闷，配在夜色里真是好听。

现在这些声音都听不到了。不客气地讲，一些特别的、真正的幸福，我相信是随着它们的消失而永远地消失了。

灰　　鹤

在河湾处，在海滩上的一个个大水洼那儿，常常落下一些灰鹤。它们的长腿让当地人发出惊叹：嚯咦！灰鹤在浅浅的草丛中踌躇时，两眼痴呆呆地望向四周，有时猎人凑得很近了它还是毫无察觉，无动于衷。

前些年秋天，一个猎人被早就想逮他的公安人员逮到了。候审期间他哭丧着脸说："我什么坏事也没干，我不过是打了一只鸟。"公安人员认为只要是长腿的鸟就要保护，至于怎么处罚，那还要看鸟类图谱。那个猎人说："我的命怎样，最后就看那张谱了。"

结果查出是一只灰鹤。罚款，没收猎枪。这结果使猎人还是有些高兴，说："如果谱上让我蹲个三年两载的，我也没有法子。"

这个猎人来万松浦玩，路上正好看到了一只灰鹤翩翩落下，立刻下意识地闭了闭眼，说："又是它，妈的。"

灰 喜 鹊

灰喜鹊是葡萄园里的顽皮鬼，不受欢迎，毛病屡教不改。它们爱吃葡萄，但从不讲究方法：每一个葡萄串穗用长嘴吮几下也就算了，结果整串的葡萄就要烂掉。种葡萄的人说起灰喜鹊，都是一副不以为然的样子。因为灰喜鹊属于受保护的鸟类，只能轰赶而不能捕杀。结果许多葡萄园不得不雇用专门的人到园子里按时喊两嗓子，叫作"赶鹊人"。

灰喜鹊看来十分满意自己的角色，它们一直待在树上，专等赶鸟人喊过了离开，然后一头扎进园子。种葡萄的人捧着被它们啄过的烂葡萄穗，说："你说这些狗东西气不气人啊！"它们不吃葡萄的时候，一群群在园子边上飞旋，叫出一阵阵不无滑稽的声音，很像是取笑葡萄园的人。

但即便是葡萄园的人也承认：灰喜鹊单从模样上看还是很好的。它们有海军军官才穿的那种灰呢子长大衣，还戴了黑色贝雷帽，真是足够神气。当它们安静地待在树上时，那种神情也是非常温文的。可是更熟悉它们一点脾性的，就会发出连连叹息，感到惋惜。因为它们既是清除松毛虫的能手，是使一大片林木免于毁坏的大功臣，又是海边一带十足的捣蛋鬼。它们不仅对葡萄园恣意妄为，而且还对其他的鸟类构成侵犯，甚至趁其他鸟儿外出不在时，动手拆毁人家的住所。

万松浦一带的灰喜鹊成群结队，它们喜欢这无边无际的松林，更喜欢成片的葡萄园。

牛 背 鹭

牛背鹭在当地极少见，可是这几年也来万松浦了，成为尊贵的客人。它长达半米的身躯，头和脖颈醒目的橙黄色，都给人眼前一亮的感觉。

但它们在这儿仅是两只、三只地出现，很少成帮成伙。它们光顾万松浦的样子，让人想起初来乍到的旅游者。它们如果长久地待下去，将会知道这里有多么丰富的食物、多么好客的主人。

三只牛背鹭于一个雨后的下午落在书院的水杉树下，像几位老翁一样持重地踱步；更多的时间它们只是候在原地，看看碧绿的草地、看看一旁翩飞的喜鹊，不动声色。

就在前不久，它们还曾经出现在离万松浦十几华里外的闹市区，但只停留了短短的二十分钟。

猫 头 鹰

面对它们圆圆的大脸、明亮异常的眼睛，你常常会觉得这是一种无所不知的生命。的确，猫头鹰是一种绝不平凡的鸟儿，它几乎在一切方面都引起了人们的好奇心。人们对它迷惑、敬畏、恐惧和喜爱，还有许多时候是厌弃和拒绝。它是捕鼠能手，是会飞的猫。可是在北方相当大的地区里，人们把它当成了死亡的预言家——

老年人最不愿听到的就是它的叫声。我曾亲耳听到一位正在河边上蹲着的老人面向鸣叫的猫头鹰喊："不用说了，我走到哪你说到哪；我知道我快去了。"老人从心里认为这只不祥的鸟儿在向他发出死亡通知。

其实如果居住在万松浦，也就不会变得那么敏感了。因为这里的猫头鹰太多了，任何人都不可能回避它的叫声。长此以往，它的鸣叫只成为众生合唱中的一个音阶、一种乐器，比如是一支竹笛和箫而已。造物主真是奇怪啊，它不仅有猫一样的耳朵、眼睛和面庞，不仅善于捕鼠，而且也能发出猫一样的"喵喵"声。它与猫到底是一种什么关系，生物学家并没有详细地告诉我们。在一般情况下，我们人类不太习惯看到一种动物的脸庞圆圆的，也就是说，不太希望它们脸的形状太接近于人本身。如果有什么鱼类或鸟类长出了一张圆脸，就会引起我们长久的观测和想象，让我们不安。而猫头鹰就是在这一点上让人颇费猜度。

它们的种类非常之多。据说有二十多种。其中有的面庞实在是太怪了。比如长达半米、像头戴黑色呢帽的草鸮，谁在它的注视下会无动于衷呢？再比如更大个头的雪鸮，周身雪白，两眼通圆，有硕大的头顶，很像一个刚刚堆成的雪人——它一旦突然出现在面前，一定会使人目瞪口呆。还有长了一张猴脸的褐林鸮、面目悲伤的长尾林鸮，都拥有无法言喻的韵致和神情。

万松浦的林中大约有七八种猫头鹰。

有一次在南方的奉节城，我看到了一只小孩子大小的猫头鹰，它粗粗的腿上正系了一根铁链子,跟随自己的主人在街头小摊上喝酒,主人不时扔一块肉给它。它一活动,铁链子就哗啦啦响。主人喝过了酒,说一声:"咱走啊!"它就跳上了主人的肩膀。

大多数的猫头鹰都留了人一样的背头发型。可见它们的确不是一般的鸟。

黄　雀

它就是人们常常饲养的会唱歌的小鸟。这种鸟儿在林中不起眼,只有美妙的歌唱使人心情愉悦。一只能歌唱的小黄雀十分受人欢迎,它很容易饲喂,且鸣唱不倦,早已进入寻常百姓家。一些人甚至以捕捉黄雀为生,他们就来往于林中,到处悬起"翻笼":笼里先放了一只雌鸟,笼上有一个机关,只要想谈情说爱的小黄雀一扎进笼里来,笼子上的翻盖就一下合上了。

黄雀是杰出的小歌手,是我们引以为荣的鸟儿之一。只要提起能唱歌的鸟类,万松浦的人就会说一句:"俺这里黄雀最多了!"

黑 枕 黄 鹂

夏天的中午走在林子里,常常被一种极为奇特的叫声惊呆:婉转之极,嗲声嗲气,有时真像一个婴孩在呼唤母亲。它的声音混在林子里的众声喧哗之中,显得非常突出。这就是黑枕黄鹂。它比黄雀肥大,口腔里一定有个不小的舌头,所以才会有如此独特的、简直是拟人化的鸣叫。

林子里的这种鹂鸟在数量上远远少于黄雀。但只要是有一只，它的声音就不会被埋没。那是一种娇痴之声。偶尔也会发出泼辣辣的呼叫，这时就有点像女人的声音了。你迎着这叫声走去，会看到它黄色的躯体一下展放开来，像荡秋千一样从一棵大树荡到另一棵大树——这时它的嘴里再也不是嗲声嗲气地乱叫了，而是发出一种更怪的声音："哼，哼"。它大概因为受惊而生气了。

松　　鼠

它的身影一闪而过。不过它那条蓬松的尾巴会让人过目不忘。这里的松鼠虽然不像南方和东北那么多，可是仍然时常现身。无边的黑松林里，球果肥硕，但因为是黑松，籽粒不像红松的那么大，所以它们在觅食时不免要劳苦一些。但林子里可吃之物绝不止松果一种吧，于是它们在这里长居也并非是置身于苦寒之地。

在万松浦西部的屺姆岛上，松鼠们胆子好像要大一些。它们可以在汽车声里探出可爱的头颅观望，手里还举着一个球果。有一次，有人看见一只松鼠从一棵高高的大李子树上下来，嘴里还咬着两个大大的并蒂李。没听说松鼠还能吃李子，所以说起来都不信。但我在国外曾见过一只松鼠口衔一只大核桃从树顶下来时的憨态：它只顾低头忙碌，直下到树桩底部才发现我站在跟前，于是慌促中又略有羞愧，只呆呆地仰脸看我，一时忘了该怎么办。那只青皮大核桃太沉了，它衔着离去时十分吃力。

松鼠是最可爱的小动物之一，这在万松浦也没有例外。只要一说到它的名字，大家都停下手中的事情，睁着眼静静地听。

乌　　鸦

乌鸦是很能抒情的一种鸟儿，它情深意笃的叹息早已为人们所熟悉："啊！啊啊——"可是仅此而已，并没有吟咏的下文。它们是起落的黑云，是海边上一片跳跃的墨色。曾几何时，这里的乌鸦多到了令人发愁的地步，老人们都说："怎么办啊，看看这些乌鸦！"我小时候常看着它们遮去一大片天空，喧闹飞旋一阵，又呼啦啦落在麦地上。当我为这一大片黑鸟而惊叹时，上年纪的人却说："现在的乌鸦可少多了！"

老人们讲，在过去，每天夜里乌鸦把林子全部占据了，简直没有其他鸟儿立足的地方。一棵棵大树上全蹲了过夜的乌鸦，就像结满的黑色硕果。到了早晨，乌鸦飞走了，地上就铺了厚厚的一层干树枝——这都是它们降落和起飞时扑打下来的。

时过境迁，如今再也没有那么多乌鸦了。偶尔听到一声"啊、啊"的抒情之声，觉得新奇得不得了。

第三辑

南山四月

　　在那个犄角上，我从小看到的南山就是蓝色的，像天空一样的颜色，或者更蓝。它是整个犄角的最南部，像最坚硬的一道镶边。南山对于童年是一个美丽的想象，而对于成年人却往往是一个贫困的象征。"山里人""到南山去过山里日子"，这样的讲法让平原上的人都多少觉得有点可怕。我后来当然不止一次到过南山，为生存而去，为跋涉而去。当然我不得不和大多数成年人取得了一致的看法。

　　山地需要攀登，需要付出更多的力气。在这里收获食物要比平原上困难多了，这就使我们无暇顾及它的美，它的特别的美。

　　这一年四月有外地朋友来，有人提议到南山去看花。他们的热情使我不好意思拒绝，但一路上却想：这会是一次无聊的南行。那里又不是花园，有多少花可看？那里顶多会有几蓬野花、几株果树。

　　汽车往高处行驶，渐渐进入丘陵。公路爬上山的隘口，一瞬间让全车的人眼睛一亮，几乎一齐脱口喊了一声："看！"

高高矮矮的山岭上到处一片雾霭——不，那是繁密的花海迷迷蒙蒙，它们正顺着山岭起伏，很像流动缠绕的雾气。只是它有灿烂的颜色，有芬芳的气味。洁白的梨花，红色的桃花，稠稠的李子花——主要是梨花，所以我模模糊糊想起这儿有"四月看梨花"的说法。

这种美是人工造成的，由山里人一手培植。可这需要时间，需要耐性。山里人花了多久的时间才在这贫瘠的山地上培植出这么大一片花园。这样的光色只有在图画里才有，而且我相信，任何一个高明的画家也画不出南山四月——它的大幅轴画这会儿呼啦一下展开在这个山地隘口上。

大家走下车来，一时目不转睛地看。我好像觉得自己内心深处一些特别的追索，一些不可企及的需求，都在这时候得到了某种印证和满足。它仿佛在给予提醒：有一些境界是存在的，有一种表达是可能的。

全是花。山岭上没有人，只有花，只有安静透明的阳光和流动的气味。偶尔听到水声，细小的水在山涧，在石板的空隙中。有些石板像一张张巨床，不规则地罗列在那里，水就在这些巨床缝隙间流过。

只有四月才是这样。那么五六月或金秋时节呢？那时候是浓绿，是果实，是成熟的负载，是绿色的屏障，是另一种美。

南山好像一种浪漫艺术，比如说一台浩瀚的歌剧：先是宣叙的冬季、合唱与重唱的初春,到了四月就有了长长的激越人心的咏叹。

它美的重心和力量放在这里了,让你激越,让你领略它的不安、颤抖和深邃。

它在让我想起小时候,还有,想起成年的印象和感觉。

无边的宣叙过去了,四月的咏叹来到了。我远远地跑来犄角,又跑到它的南部山区,原来就为了这场倾听……

琴　声

　　一片安静的湖水，经过了秋霜冬雪，只余下一片残落的荷茎。它们折断垂倒，一半溶到水里，一半划出美丽的弯曲。有一滴水从荷茎上滴落，于是我们全都听到了动人的乐声。

　　一瞬间，一湖美妙的丝弦都鸣奏起来。这是和鸣。

　　我从中听到了热烈的夏天的声音，丰硕的秋天的歌唱，还有深冬里那严肃的敲击。

　　大自然留下了真正的杰作，这是人手永远也没法摹绘的。

　　在我眼里，这是留下的声音、画幅，是记录了季节的乐章，是音符——神灵之手绘下的音符。这种记录留下来让我们解读，让我们永远咀嚼不尽，玩味不尽。我仿佛看到了一个庞大的乐队，他们用最复杂的演奏，最神奇的配器，来表达天籁。

　　这一自然之手绘下的乐章，该怎样摹写、怎样译成现代听觉艺术？

　　也许会有人把它看成不可言喻的神秘之声。

我在屏息静气倾听；我听到了叮叮当当的敲击声，像古代的磬，它们悄悄地、一丝一丝地敲打。后来，这声音淡弱下去，以至于没有……这样不知过了多久，终于有一声轰鸣：万锤齐举，震耳欲聋——天地间一瞬间充溢着它那宏大的震响。诗的浪涛涌过之后，又是微风吹拂般的管弦，它们在月色中渐次扬起。这婉转的歌唱越过银波，在水中击溅，波纹荡漾，轮轮远环。湖中，所有的星星都被它抖碎了，一切光明都消融在这静谧的、时隐时现的乐声中……

　　这样直到许久许久，才来到最后时刻：各种乐器同时合奏……百感交织的声涛中，一万双目光一齐投射过来，注视这个声的世界。雷鸣和闪电也参与进来，万顷巨林都在风中摇动；一种撕裂的声音，组合震撼，犹如马嘶猿吼，一排一排的巨浪涌来荡去；一个舵手在奋力搏击，疾风骤雨顷刻间把桅杆打折，白色的帆在雨中破裂，垂挂下来。我们回头再去寻找那个舵手、船长，他不见了。

　　一场风涛和雷声响过之后，照例是一片湛蓝，太阳和白昼一起降临。

　　和风吹拂之下，暴风淫雨之后特有的宁静，笼罩了所有空间。恬静的低回，温情的歌唱，这时又缓缓地、丝丝缕缕地升腾起来了。

　　我们听懂了：原来这是一首关于永恒的时光的音乐。

　　只要时光永存，生命就永存。它在阐述关于生的原理和永恒的原理——一曲最神圣的乐章。它让我们在声音的丛林里攀缘、领悟。

夜，一点点来临了。暮色中我们看到了一个季节的辉煌的结束。

在这部乐章之后，即将迎来的是春的序曲。

一个妙窝

山脉东北坡非常和缓,我走下去。这儿没有路,好像很早以前人们就对这儿的山岭失去了兴趣,既没有打猎的也没有采药的,偶尔有个把流浪汉都是绕山走,他们也喜欢平原。早晨,要等到八九点钟雾气消散的时候才能够望到远处。这时到处是一片蒙蒙水汽,看不到闪亮的河水,看不清稍远一点的树木梢头,连昨天看到的那些不太高的山顶也沉在雾里……等着太阳升起,眼看着光的巨臂在伸长,把漫起的水汽按压和驱扫,把它们逼到一边的山壑里;其余的地方被蒸发得稀薄、透明。天空和山岭的底部渐渐相连一起,橘红色的、一丝一丝的彩云开始褪去。昨天听过的那种云雀的欢歌又响彻在山谷里了。嘎欧嘎欧的嗓子叫也回荡起来。偶尔响起的是什么野物的吼声,就像迷途绝望的流浪汉的呼喊那样,使人惧怕。还有什么在迅疾跑过,来不及看清它的身影,就消失在浓密的灌木丛中了。

脚踏这座山峰的左下方是一道深深的山谷,谷地两旁的颜色深重，就像在深冬里看到的温泉旁的景色一样。那儿的柳棵比山坡上粗多了，叶芽蓬松茂密。有一株小树斜着挺起，约有十几米高，灰黑色树皮上一道道裂痕都看得清晰。它的叶芽像小拇指那么大，好像是一株黑桦。离它几米远的地方有一棵椰榆、一棵粗齿蒙栎。我想谷底那儿很可能有积水。

我几乎不曾忽略过路边上的任何一潭水。不知有过多少次这样的经历：一路上渴得嗓子冒烟，可就是找不到一口水……走近谷底才发现，灌木棵下面绿蒙蒙的一层原来是一些蕨类植物，它们是蒙山粉背蕨；长在岩缝的还有普通铁线蕨。瓦苇在上一年结下的浆果已经干枯了，因为没有大风雪的摧折，现在完好无损地挂在树枝上。野桃子已经干成了一个个小圆球，上面布满了黑色的皱褶。几株柳棵的下面是密密的针叶松，它们长得虽然矮小，可是根系却有力地抓住了湿地。透过针叶松的空隙可以看到洁白的沙子。很清楚，在另一个季节这儿显然是有水的，这时候却干涸了。一条山谷由此向北渐渐开阔起来。四周的山岭汇成一个半圆，由此可知这儿的山落水有多么盛。

我试图扳着这些树木枝丫走下去，直下到谷底当心；从那儿往北走路就顺畅多了，虽然在方向上似乎与要去的地方稍稍偏东了一点，但这不成问题。我小心翼翼地走下去，走到半腰，突然有什么从灌木里蹿出来——由于它跑得速度太快，没法看清是一只山狸还是什么。它的个头像獾那么大，可是比獾要灵巧，身子也要长一些——它在远远的地方竟驻足回头，这一下让我看清是一只花面狸。我往它跑开的那丛灌木走去，因为它引发了我的好奇心。

那儿果然让我吃了一惊。原来山谷半腰，密密的紫穗槐棵子后面有一个隐蔽的山洞，洞口好像还有人工的痕迹。我摸索着往前，尽量不发出一点响声。走近了看得越发清楚：这儿显然有人砌过洞口。试着往洞里看了看，灰蒙蒙的。这是一个利用悬石垒成的住处，不深，左侧还有一个小小的窗口。

我蹑手蹑脚走进去。令人惊讶的是这个住所不大，却算得上精致。不过这儿好像很久没人住过了。地上铺了一层厚厚的干草，脚踏上去轻轻一动草就碎了，由此可知闲置的时间已经很长了。当年住下的会是什么人呢？什么人在大山深处搞了这样的一个好窝？

我以前在远行旅途中也不止一次在山隙和河谷、在丛林里，发现类似的隐蔽住处了。它们有的是做得很好的小石屋，有的是顺着沙岗阳坡垒在灌木丛中的小窝——如果附近有村庄，那么它很可能是看山人的临时住处；可是像眼下这种人迹罕至的地方，显然不是。我知道在前些年的确有一些鲁宾孙式的人物，他们由于各种各样的原因逃离了家园，隐匿在山野丛林，克服着无法言说的艰难，但总算是活下来了。有一年我在一片极其荒凉的茫野就发现了这样的一个草窝，当时里面就住了一个怪人——他试图用极其拙讷的口气跟我说话，但后来却让我出乎意料地从那堆乱七八糟的杂物当中发现了奥秘：一本翻得很旧的、艰深的学术著作。当时我大吃一惊，只是忍住了没有揭破。野地上有着令人意想不到的神秘,有我们完全不能理解的一些事物。

恋恋不舍离开了这个小窝,一直走到了谷底。

从这儿往上看,那个山洞就清晰了。白色的沙土旁边被山落水旋了很大的一块凹地,上面至今还湿气充盈,有一些干枯的和正在萌发的水生植物,像小蕨、干成了一团团的槐叶蕨、细叶满江红等。这就使我明白了那个人选择这儿筑窝有多么巧妙:简直是临湖而居;眼前这个天然的池塘会为他提供饮水和鱼虾之类。一个妙窝。

那个主人呢?他到哪儿去了?他又是什么人?我回头久久望着。

我在可爱的白沙滩上坐了一会儿,喝了一点水。这时旁边的草丛飞来一群大山雀,它们一点也不怕我,只在那儿叽叽喳喳议论,一会儿飞起一会儿落下。一只很大的花喜鹊落在了附近的枝丫上——在我们东部平原上,飘然而至的花喜鹊从来都被看成是一个吉兆。它喳喳叫了两声,好像在与我沟通什么讯息。我朝它点了点头,又做了个友好的手势。

灌木丛中还有好多长着彩色翅膀、脑袋上有着一撮白羽的鸟儿,它们在跳来跳去。仰起头,蓝得出奇的空中有两只鹰在盘旋:它们好像也看到了谷地,看到了在这儿歇息的一个人……这里竟使我有些不忍离去,如果是下午,我就会考虑在这儿过上一夜;现在不行,现在还得赶路。

巨大的李子花

港湾往东大约几华里远,是呈弧形环绕的丘陵末端,渐渐隐入浩渺之中。从这里望去,丘陵上一些矮小的灌木,就像稀稀落落的毛发。我需要绕过海湾到达丘陵那儿。

踏着沙岸往前,水浪拍得结实平缓的近水沙泥非常好走,就像踏在柏油路上一样。这里的海岸属于平原沙砾质海岸,由于地处海滩平原,沿岸风积地貌发育,形成了脚下这段开阔的沙积海岸。沙滩宽度在百米左右,全部由石英质中粗沙组成。滩外的水下坡岸分布有水下沙堤,海岸线看上去非常稳定,看来许多年都没有太大的变化。渐渐走近那些延伸到水边的丘陵了,这才发现它们面向大海的一边,在海洋动力作用下已成为海蚀崖,上面分布着一些海蚀穴和海蚀平台。岩礁平面上有一点残留的海蚀柱,从这个角度看上去很美。这段海岸现在仍在后退,只是后退速度极其缓慢罢了。

这一段向大海延伸的丘陵对于那个海湾的形成有着重要作

用。站在这里往西望去,那片海湾就像一个巨大的月牙。古海湾东边的边界,最早可能就达到丘陵那儿,这样整个古港就很大了。可以设想:从丘陵到西段七百多米远的整个一片海岸布满了航船,那该是怎样壮观。

回头再看大海,不禁惊讶:海浪频频拍击沙岸,雪白的泡沫浓稠得像一簇簇巨大的李子花,一层层推进了绽放了。细看海水,已经不是蓝色和绿色了,而是酱油色……我马上明白了,这里肯定受到了严重污染,因为这一侧的海浪上方没有了一只海鸟,也没有了一只打鱼的船。

我知道不远处有一个造纸厂和两个化工厂,它们正往大海里日夜排污。混浊的海水,白得让人生疑的泡沫,这都是两三年内造成的……真是可惜。这儿的近海现在除了有一点贝类之外,几乎什么活物都没有了。

如火如荼

一片茶花在风中抖动。夕阳下,它们真的如同火焰,在起伏的沙岭上燃烧,蔓延,呼啸而去;这时它犹如飞起的箭镞,如同星夜里连成一片的火炬。

夕阳下沉,更暗的光色下,那些低洼草地的茶花变得暗淡起来;唯有高耸之地的花丛才变得格外凸出,甚至有些耀目。西风搅动,它们像一片大湖掀起的浪涌波涛——这旋转汹涌的水流很快将冲决一切,继续涤荡。对于它们而言,土地上无所遮拦无所阻障,它们将汹汹滔滔,汇向海洋。

它们是荒原的激情,是最弱小者汇成的巨流,是哀号泣哭中的一次放声歌唱,是世界某个角落一次不为人知的冲动和释放。它真的不可遏制了……

只是许久之后,它才慢慢和缓下来,平静了;它开始抚摸天色,轻轻歌唱。它这会儿竟如此地抒情——徘徊低回的心情,悠远的思念……这片旷野上的茶花啊,竟有如此细腻动人的表述。

这个时刻，谁听到了它的絮语呢？谁听到了它充满诗意的呢喃之音呢？

它终将被遗忘，除非它在什么时刻唤醒了人的注意。不，它们是如此地独立、自我、完美；它们只是扎根在一片泥土上，不断地更新自己的生命，不断地焕发出崭新的笑容。每当太阳升起，把它们照亮一片，昂扬的歌声就充斥了宇宙的每个角落。百灵停下啼叫，雄鹰在高空凝止，野鸡蹲在树杈上静静注视——原野上绽放的浪花，银色的海，惊世骇俗的美……一切都献给了太阳。

月色下它们则像一处梦境，掩藏的，是一个又一个神妙的故事。这清纯的夜晚，它们把美交给了月亮。荒野在光色下洗刷，水流溅起的扑扑声中似乎真有鱼跃。

这是激动之后，狂涛波澜之后，迎来的安宁和叙说；这是引吭高歌的前夕，又一次涛涌的前夕。它就在这宁静中孕育起更多的激情，变得更加细致，更加真切；它的情感世界永远不会浮泛，不会中空。

在雄鹰看来，这是大地催放的焰火，是生命的庆祝——这里看不到一丝人迹，所以这仅仅是大自然自己的庆贺，是来自她的伟大礼赞，是循环往复的冲动。

一串瓷亮的野枣

从很小的时候我就习惯了山野户外一人独处的生活；再后来我出门时头戴一顶太阳帽，让所有的山里孩子都追踪着我，指点着我，直到消失在大山的背后……那种自由而奇妙的感觉，直到现在还能一一回想起来。而今天我是在追踪另一些活灵灵的生命，再不仅仅是拷问山脉的秘密了。我急于看到的是一个个久别的朋友，而不只是这片贫瘠的山岭。我想尽量使自己的行走避开来路，这样就能避免重复探询——这一带太荒凉了，有的地方十分险峻，不记得以前有没有走过。我的好几次晚餐差不多都是靠了采集的浆果——它们的滋味是那些城里朋友怎么也想不到的，有的虽然很甜，但咀嚼到最后却有一股涩味儿，使人难以下咽。我有意无意地节省下很多食物，故意要迎接那种山野独处的考验。我尽可能地采集野菜，即便离村庄很近了也不愿走入乞讨——我并不认为乞讨有什么不好，因为一个长年在外的人无论如何不能拒绝别人的帮助，不可能完全回避讨要的生活。那在我看来是一种自然而然的、并非难为情的事情，类似于修行者的"化缘"。在这片山地，或者在我所去过的其他地区，无论走到哪里，人们都乐意打发一个四处游荡的人。他们把食物递给你，看着你饥不择食地捧在手里大口吞食，会感到极大的宽慰和满足。当你离去时，有的人还追上几步问一句："要不要喝汤？"那时候你就摆着手说："不要了，不要了。"

实际上人在野地里很容易就能搞到水喝，但不能那么娇气。游荡的人不要拒绝生水，也不要拒绝流浪汉黑乎乎的粗瓷缸。如果踏上旅途的头几天，你对那些肮脏的衣衫不整的旅伴还有一丝厌恶的话，那么在一起走上几天，就会把他们当成自己人了，共用一个脏腻腻的瓷钵不算什么；你与之伏在同一口锅上吃饭，会像那些老得没有牙的流浪汉一道，张开嘴巴吹气，赶开汤上面的一层草屑和浮土，然后几大口把汤喝尽。这是一种自由自在的生活，是大地给你的一种犒赏，它会使你一次又一次地变得生气勃勃，心里充满了希望。那些经多见广的流浪人所讲出来的各种各样的神妙故事，是那些拒绝与他们为伍的人永远也听不到的。有些故事是相同的，但它们又经过了多次融合渗透，变得愈加完整动人。有些故事是完全闻所未闻的。

即便是一个人的时候，你也会得到一种酬劳：一支从绿丛中探出的彤红的浆果，一串瓷亮的野枣，或是一只从未见过的彩色大鸟、一潭清水中慢慢游动的几条鱼……你将设法逮到一条，然后撒上盐，在野地里搞一顿真正的美餐。总之那种愉快是任何没有经历过这种生活的人所不能体味的。在山间走久了,一个人很容易就会知道哪里才是一个幸福的去处,哪里没有伤人的野物。即便是阴森森的山岭之间,如果嗅觉好,看得准,悟力强,也很容易就会弄明白这里是否有什么危险……实际上流浪汉很少遇到伤人的野物,也很少能遇到加害于他的什么人,因为活动在山岭间的所有人有一点差不多是共同的,那就是贫穷的、漫游的命运。他们一块儿走向田野又走向山岭,无论出身如何,都在游荡:或者是急匆匆地寻找,或者是以此来打发寂寞,背负着愧疚。只要漫游在山野之间,就会立刻懂得互相安慰、互相询问、互相借光。给一个陌生的流浪汉几把米,几支火柴,一口酒,都会让对方真正感激,相互之间立刻就是朋友了。如果分手之后有幸在路途上重新相见,那一刻会是非常感人的,那时候两人之间就没有什么秘密不可以交流了。

尊　长

　　一株枝叶无比茂密的大李子树、一株不知长了多少年的大山
楂树,分别做了这片园林的尊长。园里有各种各样的树,比如樱
桃、苹果、枣树、杏树、桃树、无花果树、核桃等等。它们的模样与脾
性当然都不同,所处的位置也不同。它们在北风呼啸的冬天,在炎
热的夏天的姿态,都相差很远。大李子树春天开出一团团银白色
的小花,浓烈的气味笼罩了一切,招引了无数的蜂蝶。它们的小花
瓣如此紧密地挤在一起,成为一个不可破解的谜。这么多的蜂蝶
都是从哪儿涌来的? 它们与大李子树达成了一种什么关系? 这都
是需要花费很长时间去琢磨的。可是有一个事实已经是不言自明
的了:它,还有那株威风凛凛的大山楂树,是作为两位尊长而存
在的。

　　我长久地仰望着它们。我想我这会儿也成了一株树———棵
普普通通的、纤弱瘦小的树。

昔日花

记忆中的过去，这里给人印象最深的就是花：到处都是花，真正是花的海洋。我这里指的是春天来临的时候，是成片的洋槐花、海边果林一夜之间绽开的杏花，还有接踵而至的苹果花和桃花——这一切交汇而成的气味和色泽，是逗人的喜气，节日的嬉戏，是它所促成和焕发的那个年龄所特有的敏感与欣悦。

每年都开始盼望温暖的春天，盼望沙岭上的积雪融化。当雪水顺着高坡哗哗流下，把细细的沙末涂成美好的图案时，我们知道绿蓬蓬的季节就要来了，花的海洋就要来了；蜂子和蝴蝶纠缠一起，它们与我们一起玩耍，或是向我们发起挑战的季节就要来了。那时候我们的视野还没有现在这般开阔，不知道南部山区也有一片花的海洋；我们眼里只是这个犄角的北部，是这个平原。

随着季节的深入，各种各样的野花在灌木丛中盛开，它们取代了槐花和果花。这些花多得叫不上名字，但它们更奇特也更引人注目。后来又是每一家院落里长起的一丛丛蜀葵和美人蕉。这儿的蜀葵和美人蕉最多，我简直不记得在其他地区看到过这么多的蜀葵。那时这儿家家院落都很大，院内院外都长起成片的蜀葵，成了蜀葵林。我们就在蜀葵林里捉迷藏，吐露着过早来临的心事。一想起成片的蜀葵，我就想起了小时候的伙伴，想起在花丛中奔跑的男女同学。

他们常常把一大簇一大簇的蜀葵花带到学校，还有木槿花、菊芋。菊芋花连成一大片，望不到边，它们是繁衍得最快的一种花。在饥饿的年代，人们不是像现在一样把菊芋做成酱瓜，而是放在锅里，像蒸芋头一样蒸熟。实际上它是蒸不烂的，永远都是脆生生的。一大束菊芋花抱在怀里，然后再用一个水罐盛上，放在桌子上，那就是最美的一幅图画。

我所待过的那个小学种满了白菊花，它在果林间隙，到处都是。还有，在果林灌渠旁，总是野生了一大丛一大丛的金盏草，又名千层菊——它有一种奇怪的邪味；但我们都愿伏在它的上面深深吸上一口，然后抱怨；不断地吸，不断地抱怨，学大人说一些难以入耳的粗话。在水渠下面的低洼处，是成片的粉红色的小蓟花。小蓟花不起眼，可是连成一片多么美丽，简直令人神往。还有荒滩上的荼花，一眼望不到边，它们在微风中摆动起伏，真正是如火如荼，来势汹汹。这种花在开春的时候可以吃，它刚刚长成一个花苞的时候，我们都伏到刚刚泛青的草地上寻找这种花苞。揪花苞时要发出"咕咕"的声音，当地人就叫这种花为"咕咕老"：因为这种花一老就不能食用了，只能吃它娇嫩嫩甜丝丝的花苞——可能是对"老"的厌弃吧,所以就在"咕咕"后面加一个"老"——"咕咕"是声音,"老"是担心。

不知多少次到昔日的荒原上,到记忆中那些小径上寻找。没有了,没有了小径,也没有了花。起码是没有那么多花了。只看到了洋槐花,它们偶尔有一丛在松树间闪烁。至于成片的果树,特别是记忆中的山冈、随山冈起伏的烂漫桃花,那一棵又一棵巨大的李子树——世上有什么花比李子花的香味更浓烈,更密集,更不吝啬,简直是疯狂一般的开放——再也看不到了。

没有了,这里只有一些丑陋的红砖建筑,有挤挤歪歪的烟囱、工厂,特别是熏人的化工厂。很明显,是时代的诱惑赶走了鲜花。丑恶的物欲总是鲜花的敌人。

失去的朋友

　　每天夜晚，我都在市郊的一条小路上散步。即便是雨天，我也要撑着雨伞出去走。从前一年的中秋节之夜走起，一直走到今天。

　　小路有多少弯曲、坎坷，路旁有什么景物，我已经烂熟于心。除了深冬和初春外，这总是一条绿蓬蓬的路。而且这还是一条寂寞的路，因为人们都不愿到这偏僻的地方来。

　　一路上要过两座小石桥、看到一排茁壮的青杨、一棵孤独的黑榆和一棵加拿大杨。还有一处一九五八年兴建的、如今早已废弃的小小水电站。伴路而行的水道、土崖、茂长的草、笨拙的刺猬……一切在我心中都是活脱脱的。我可以听到它们的心声。

　　土崖上有两个土洞，我判为獾洞。看不出是否有獾居住，我就在洞口塞了一把草——第二天晚上，我看到原来塞实的草被一个灵巧的躯体旋成一个圆空。我很愉快。

　　第二座小石桥边不知怎么长着一株极其旺盛的曼陀罗花。它硕壮繁茂，大朵的白花在黑夜里闪闪生辉，让我一时目瞪口呆。我简直认为它是在一夜之间突然生出并长大的。那天夜里我在桥边久久仁立。

它四周没有杂草，是光洁的沙土，这儿只有它自己。浓绿绿乌油油的叶片，粗而亮的茎秆，一切都大得旺得惊人。这是小路旁的一笔重彩。

我回忆着以前见过的曼陀罗花，不记得有这么大的。

后来月亮出来了，我嗅到了一朵朵白花播散出的神秘的香味——我想月光如果有气味，也该是这样的。

从此每一次散步，我都在一开始想：一会儿，过了桥，就该看见那株曼陀罗了……

从夏末到深秋，天气越来越严肃了，树叶终于飘落纷纷，可是那株曼陀罗仍然白花耀目。

有一天晚上——像往日一样的一个晚上，我走到了小桥边，突然感到异常空旷。我揉了揉眼睛，这才发现它不见了。不，它被刨过，枝叶花朵全散在地上。

它早已是我小路上的一个挚友……然而它永久地消失了。

第四辑

灵异和动物

谈《刺猬歌》里面的灵异，会引出很多话来，这里不想更多地涉及这些。但我们真的不能简单地看待自然世界、不能概念化地认识周围的这个世界。世界观的问题比较大，我们受到的最基本的教育中，有许多是谈这个的。但我们置身的这个世界的确是有许多未解之谜，它们需要记录和关注。在文学作品里，写到动物和灵异，一般都是作为一种手法来运用和理解，如果这样倒也好办了。如果超出了这个界限呢？那怎么办？

我想，生活中更为复杂的存在还是有的，我们面对的是没有尽头的探索，这个观念我是确立的。孔子说"五十而知天命"，我觉得这个"知天命"没有教科书说得那么简单，它大概在说对更复杂的事物，要有一点"知"的觉悟；到了五十岁的时候，如果我们还局限于已知的科学发现、教科书的诠释，对于生命中极其复杂的现象的理解还停留在这样的水平上的话，那就不能叫"知天命"了。在理解生命方面，我们也许要给自己留出更大的余数。

有些经历，有些现象，也许不能完全用"封建迷信"来打发。人与动物的关系，比如我写到的那片无边的林子里，有很多的动物，它们都是很灵异的。有一次同学们走过一块地方，听见路边的灌木里很吵，就扔了块石头进去，结果一群狐狸什么的跑出来了。后来有一位上年纪的女人病了，她在炕上叙说的都是那个场景：我们一群正在路边聚会，你们一帮顽皮的家伙却扔石头砸我们，结果把脚踝骨伤了！类似的故事在广袤的村落里多极了，并非全是演义。一个人与这些相处日久，将来从事写作时，就不会完全将其当成魔幻现实主义之类的手法了。这就是生活实感与后天学习的区别了——有没有这种区别是不一样的。它更多的是一种生活态度，是对这个世界、对自然的尊重和信服，这大概也可以算是一种"沉迷"、一种执着吧。

美生灵

　　暮色中,河湾落满云霞,与天际的颜色混合一起,分不清哪是流云哪是水湾。

　　也就在这一幅绚烂的图画旁边,河湾之畔,一群羊正在低头觅食。它们几乎没有一个顾得上抬起头来,看一眼这美丽的黄昏。也许它们要抓紧时间,在即将回家的最后一刻再次咀嚼。这是黄河滩上的一幕。牧羊人不见了,他不知在何处歇息。只有这些美生灵自由自在地享受这个黄昏。这儿水草肥美,让它们长得肥滚滚的,像些胖娃娃。如果走近了,会发现它们那可爱的神情、洁白的牙齿,那丰富而单纯的表情。如果稍稍长久一点端详这张张面庞,还会生出无限的怜悯。

　　没有比它们更柔情、更需要依恋和爱护的动物了,它们与人类有着至为紧密的关系,它们几乎成为所有食肉动物的腹中之物,特别包括了人类。它们被豢养,被保护,却要付出生命的代价。它们只吃草,生成的却是奶、是最后交出的全部。它们咩咩的叫声,可以呼唤出多少美好的情愫。它们那不可理解的互相倾诉和呼唤，那由于鸣叫而微微开启的嘴巴、上皱的鼻梁，都让人感到一个纯洁生命的可爱。

它们像玉石一样的灰蓝色眼睛，有时会一动不动地看着你，直到把你看得羞愧，看得不知所措。

它们还很幼小时，就长出了一撮胡须，甚至还长出两个可爱的肉坠；你抚摸这胡须这肉坠，似乎看到它在向你微笑，向你无声地询问：你的来路，你的归路。可是它唯独不谈自己，不触及那无一例外的凄惨命运。人在这种美生灵面前，应该更多地悟想。人一生要有多少事情要做，要克服多少障碍，才能走到完美的彼岸。这遥遥无期的旅程，折磨的恰是人类自己的灵魂，而不仅仅是这一类生灵。人类一天不能揩掉手上的血迹，就一天不会获得最终的幸福。这是人类未曾被告知的一个大限、一个可怕的命数。在这个命数面前，敏慧的心灵应该有所震栗。

温柔和弱小常常被欺辱，可是生命的无可企及的美却可以摧毁一切。它最终仍然具有威慑力和涤荡力。

三只小羊跟在它们母亲身边，那种稚声稚气的咩咩声至为动人。它们的母亲只顾寻找食物，几乎对它们的呼叫充耳不闻。它需要抓紧时间摄取更多养料，以便生成奶水来饲喂它们。它知道这些撒娇声，这嗲声嗲气的求告和呼喊没有多少要紧。三个孩子没能使母亲注意它们，最后就自觉无聊地在一块儿戏耍起来，像赌气似的，离母亲尽可能远一点，用有些笨拙的、粗粗的、像木棍一样的前腿去踢踏绿草,或者是瞅准了一个踽踽前行的小甲虫,用毛烘烘的嘴巴去触碰,打一个不为人知的小喷嚏。它们有时候也干架吵嘴,甚至拳脚相加,额头顶在一起比赛角力,甚至故意伏在另一个的背上,让它一边抱怨一边驮着往前走⋯⋯这样的把戏玩了一会儿又觉得无趣,它们就一块儿向着远方奔跑,一蹿一蹿的,那是学着大羊们奔跑的样子。它们一口气跑到了河边,最后返回;它们从几只大羊的空隙中站直——它们想起了母亲,立刻惊慌失措地呼叫起来。它们的母亲也在寻找孩子——她一抬头发现孩子们不见了。母亲的叫声比小羊的叫声要粗重有力多了。这遥遥相对的呼应此起彼伏,渐渐惊动了群羊。所有的羊都昂头发出了叫声,帮一个母亲寻找三个孩子。后来它们三个重新回到母亲身边,羊群才开始寻找食物。

荒原、草地、开阔的原野,好像最适合放牧,天生就该是羊的世界。羊们几乎毫无侵犯性,全身都蓄满了阳光。它们把这温暖和热量分赠人类,人类却对这宝贵的馈赠毫无感谢之情。他们已经习惯于从弱小的生命里索取和掠夺,因为他们自己在同类中也常常这样去做。在不同的物种之间、不同的动物之间,比人类更无知更野蛮更荒谬的,并不是很多。比起很多弱小的生命来,人类几乎不懂得羞愧。他们也曾编造和制定出一些道德的规范和准则,却对自己的不道德视而不见。他们更多的时间像羊一样吃草,有机会却要放下草吃羊。他们常常奢谈自然界的所谓"食物链",却从来不研究自己与其他动植物所构成的"食物链"。在整个宇宙的生命链条中，人类构成了多么可怕的一环。作为某些个体，他们不乏优秀的悟者；作为群体，他们却是无知的莽汉。他们在把整个星球推向毁灭的边缘，却又沾沾自喜地夸耀和骄傲……

暮色苍茫中，这一群美生灵被霞光勾勒出一片剪影。它们驮着所剩无几的光明踽踽而行。它们大概也会有关于黄河岸边这美好一天的记忆吧。

每一天对它们大约都是珍贵的。灿烂的阳光，绚丽的黄昏，无边的阔水和碧绿的草地——大概它们心中都会留有这美好的印痕吧。

从它们灰蓝色的眼睛里，从那种默默的注视中，似乎可以感受它那潜在的灵性、温柔的本色、善良的心情。在这生命进化的历史上，它们的确是一些跨过了漫长世纪的苍老的生命；它们也许懂得太多太多：关于这个星球、关于漫漫时光、关于生命的秘密。

原来它们额下垂挂的那一缕胡须，远远不是什么滑稽的标志，而是深刻的象征。它们正因为对这个世界知晓得太多，才这样听天由命。

它们从来都没有停止去做的，就是每天用自己弱小的身躯，驮回最后一缕阳光。

狐

一

它对我说,所有的人都嫉恨它。我注意到了它的神情,更注意到了这个词语中的前一个字:嫉。

它离开后我在想,它有什么可嫉的呢?因嫉而恨,人和狐之间的一种情绪吗?我觉得不可理解,起码我不会理解。

后来安静下来,我又在想:是否真的存在这"嫉"?

想不明白,想得很累。余下的时间,我就来到所能找到它的地方。

那是一片青苍暗绿之地,宁静的丛林和渠畔。它没有出现,连它的尾巴也没有看到。这时候我才发现:我心里真的有了一丝嫉。我嫉的是它可以在这么好的地方安然躲藏、休息,做自己想做的一切。它可以全然不顾别人的欲望。我们人类自己能够做得到吗?我们做不到。

我们会想得很多,总是在一种有形无形的召唤下寝食不安。

还有，它那一层苦绒布似的皮毛，漫凹的小脸，水灵灵的眼睛，机智的神色里掺着一点艾怨……这些都传递出不可言喻的美。我承认它是美的、聪慧的。它昂起的鼻头、灵巧的身躯，也都在为这一美好的结论作着最好的注解。

这里的人差不多都听说过这样一个故事：在一个雨天，有一个猎人，他的弹药潮湿了，所以当他举起枪来盯着一个火狐的时候，那只火狐立即站起来向他发出微笑。后来它又幻化成他的女儿。猎人愤怒地放下自己的枪。就在这时姑娘跳蹿了一下，迎着他走了一步，又重新显出了火狐的本相。猎人再一次恼怒，端起了猎枪。那只火狐重新变成了猎人的女儿。猎人不得不放下枪。但几乎是紧接着，女儿又成为原来的那只火狐了。它在猎人面前微笑，何等妩媚。猎人终于没有耐心，这次一举枪即勾响了扳机……回到家里，他的女儿屁股那儿受了枪伤，躺在那儿昏迷不醒。猎人哭得死去活来。

好不容易女儿才苏醒过来。她告诉父亲：她亲眼看到他用枪瞄准了她，她吓得大声呼叫，转身就跑；可是刚一转身，父亲的枪就响了……

类似的传说很多，奇怪的是，这些传说大多都是关于它与人类的爱情。这说明在潜意识里，人类还是爱狐的。可是他们又因为这爱而诅咒它们，骂它们狡猾、残忍，甚至是猥亵。这公允吗？说不上。从那些数不胜数的传说中，我们知道人类最牵挂的动物中，就要数狐了。人们怕它爱它，又总想与它们相遇。

到哪里找那样的一只狐呢？所有的努力都失败之后，就把它做进梦里。

二

有一次，我在不经意的时候逮到了一只狐。

无论它怎样哀求、泣哭、作可怜相，我都不愿把它放掉。我吸取了远近一切经验，想束缚它、改造它、挽留它，最后再善待它。我用层层盛装将它包裹，又找来用许多胭脂让它化妆，喂它最好的食物。

可它一点儿欢欣也没有。

我顽强地挽留它，用尽各种招数。我差不多胜利了。

有一天，它带着我交予的一切，千层万叠的彩衣，还有那些艳丽的胭脂，包裹着、涂抹着，落荒而逃。

它站在远处，霞光勾勒出一个妩媚的身影。我看见它向我做出一个告别的手势。

它离去了。残忍而狡猾、无情无义的狐。它留给我的到底是什么？只有一段曲折美好的记忆。我应该感谢它。

爱小虫

那时候我们不觉得小虫子之类是坏东西，它们当中的一多半都是有趣和可爱的。如果长了吓人的模样，那么和它玩一会儿就不再害怕了。大人往往讨厌它们，一见就驱赶拍打，有时还要喷洒农药。大人想的是自己的事。

我们这些人长大了也会像他们一样吗？或许是的，因为到后来我们果然不太喜欢它们了。不过等我们长得更大了时，又有些喜欢它们了，却一直没有像小时候那样喜欢。

谁比我们当年见过的昆虫更多？这大概只有昆虫学家了。我现在不能一口气把它们全说一遍，因为那实在是太多太烦琐了，如果只说说其中的几十分之一，也要记下整整一大本。

在海边林子和野地里活动，谁也无法避开它们。它们在灌木和草叶间忙碌，筑窝，吃东西，嬉戏，过得很快活。有的会唱歌，比如蝈蝈和蛐蛐；有的漂亮得令人惊叹，比如蝴蝶。还有无比危险的家伙，那是毒蜂和蜘蛛之类，人人都要小心地避开——不过就连它们也给人特别的乐趣，使大家历险之后还能绘声绘色地对人描述一番。

有一种后背上闪着金属光亮的、长得极其精致的硬壳虫，可能就是书上说的"金龟子"的一种，有一段时间真是把我们迷住了。背上有亮光的昆虫倒是很多，它们有大有小，各种各样，有金色、绿色、红色，还有黑色和蓝色的，简直数不过来。但这里说的是一种"极品"，因为太稀罕而格外宝贵——相信其他地方一定没有。

它们大多数时间闪着钢蓝色，如果被阳光从特别的角度里照射，却又能变幻出无数的颜色，就像彩虹一样。它们一般比黄豆大一点、比花生米小一点，我们叫它"钢虫"——不仅初一看颜色像钢铁，而且整个就像金属铸成的。

"钢虫"是我们采蘑菇时发现的。那时它们伏在草梗上一动不动，伸手推触一下，才会慢吞吞地移动几毫米。它在阳光下闪烁出七彩荧光，就像随时都要燃烧起来，让我们连连惊叹。

这世间凡是最好的东西总是少而又少的。我们即便专门在林间草地上找多半天，也只会收获一两只"钢虫"。这愈发使我们感到它的宝贵了。我们捉到它们就小心地收在小玻璃瓶里，不时地迎着阳光看一会儿，大呼小叫一番，然后装在贴身口袋里。

我们当中有个叫"黑汉腿"的同学特别能捉"钢虫"，最多的时候曾经拥有过十一只。他用两只"钢虫"换来同学的一把卷笔刀、一块带香味的橡皮，想一想真是一桩不错的买卖。

"黑汉腿"个子最高，胆子最大，几乎没有不敢干的事情。海边林子里的古怪东西多了，他这人什么都不怕。平时家里大人总是叮嘱自己的孩子：别跟那个"黑汉腿"混。一些耸人听闻的坏事经常与他的恶名连在一起，其实大半都来自道听途说，只要和他在一起的时间长了，多少都会喜欢这家伙的。

有一次我们在海里游泳，一个人被海里的毒鱼蜇了，痛得呼天号地，紧急关头"黑汉腿"驮上他就跑。园艺场诊所的医生说再晚一点那人就没命了。这家伙的两条腿又粗又黑，皮厚，跑起来荆棘扎都不怕。他力气大、讲义气，一年里也干不了多少坏事，像偷园艺场的苹果、欺负小同学之类，不过是偶尔才做几次。

他敢逮一些稀奇古怪的昆虫，连有名的大毒蜘蛛都敢去碰。像有一种叫"老牛背"的黑黄花纹相间的大毒蜂，传说是最毒的东西了，他竟然一伸就把它捏住了。还有一次他捉到了一只很大的甲虫：长若十五公分，神气无比，两只长角扬着，就像戏台上武生的两根雉鸡翎子；额头上长了月牙刀，黑色硬翅满是白点。"黑汉腿"夸张地给它的脖子上拴了一根织网用的尼龙丝，像牵狗一样牵着它走上街头，引得许多人都围上看。

村里人告诉，这种大甲虫的名字叫"水雾牛"，只有罕见的大雾天里才会从阴暗角落爬出来，能发出"哞哞"的叫声，像老牛的声音。"半夜里我听到叫声了，赶紧披上衣服出门，这才逮住了它。当时它一脚把我踢翻了，我揪住它的翎子才爬起来，又骑上它的背……"都知道"黑汉腿"在骗人，不过却没有谁反驳他，因为这种夸张的说法听起来真带劲。

"黑汉腿"擅长对付任何东西。比如逮蚂蚱——这听上去是极平常的事，可实际做起来却远没有那么简单，因为这里不是说逮一般的蚂蚱，而是要找其中的"宝贝"。真正的宝贝是"大王蓝"，它的个头是一般蚂蚱的三四倍，强壮有力，两条腿上长了锐利的尖刺。它一纵就是十米，一展翅就是二十米，要逮住它可不容易。传说有个村里汉子脾气倔强，发誓要逮住一只，结果从村西头开始跟定，一直追到十里外的西河岸，累得一口气没上来，差点死在了河堤上。这种蚂蚱是从几千里外的关东山迁移过来的，据说胸脯上写了一个"王"字。

我们都想拥有一只"大王蓝"，不知白费了多少力气：不是半路被它甩掉了，就是逮时被它的两条刺腿扎得双手流血，谁也没有成功。最后还是"黑汉腿"拥有了一只，他见了我们，就让它驯顺地仰躺在掌心里，露出肚腹让大家看个仔细。我们都想从它胸部复杂的纹路上找出一个"王"字，可惜怎么也找不到。

这儿有世界上最大的蝴蝶，一到春天，说不定什么时候就有一只浅绿色的、像碗口那么大的蝴蝶飞过来。大家一见它就不顾一切，欢呼着往前追——它总是不急不慢地飞着，渐渐飘到树梢那么高，让人干着急没有一点办法。

"黑汉腿"做了一个高竿捕网，总算捕到了一只。这么好的大蝴蝶，一下近在眼前了，属于我们了，却不知用什么喂它——不知道它吃什么喝，养了一两天只得放走。

大蝴蝶最爱往苹果园里飞，所以我们叫它"苹果蝶"。

还有一种比"苹果蝶"小一些、长了黑色花纹的蝴蝶。我们逮到了一只，端量一番之后大吃了一惊：它的花纹就跟狸猫脸上的纹路一模一样，简直没有一点差错。我们就叫它"猫脸蝶"。

"苹果蝶"和"猫脸蝶"是整个海边上最大最漂亮的蝴蝶了，谁看到它们都会兴奋得又跳又叫。

这么漂亮动人的好东西是哪儿来的？说出来没人信：它们有一段时间是藏在沙子里的，原来就是一种蛹，紫红色，傻乎乎，很老实，第一眼看去还以为是一枚大枣呢。可就是它，转眼一变就会高高地飞在天上，这有多么奇怪、多么了不起啊！

螳螂是一种武士，长了两把长刀，一看就知道要随时擒拿敌人。可我们从来没见它们格斗。螳螂有大有小，有不同的颜色，有的碧绿，有的紫红，有的灰白，有的深棕。最大的螳螂有绿色的肥肚、紫色的翅膀。家里人说："捉个大紫螳螂吧，放进蚊帐里，它会整晚为你逮蚊子。"我们真的捉了放在蚊帐里，可谁也没见它逮过一只蚊子。

沙地上有些漏斗状的小坑，蹑手蹑脚走到跟前，然后蹲下，用小拇指甲一点一点挑出沙子……挑啊挑啊，渐渐就出现了一只长了小钳子的白色肉虫——它一露面就扬着小小的武器，可是谁也伤害不了，肥肥的憨憨的，很好玩。

我们查过书，这才知道它叫"蚁狮"，就是逮蚂蚁的"狮子"——身体比蚕豆还小的"狮子"。原来它旋出的一个个沙漏斗，就专等着蚂蚁掉进去，那时它就会紧紧地钳住猎物。

关于它们，更惊人的故事还在后边，说出来谁都不会相信："蚁狮"待在沙子里吃蚂蚁，一直吃到肥肥胖胖，等长大了的一天，瞅准一个春天摇身一变，就变成一只绿色的蜻蜓，飞到天上去。

这真是太神奇了。原来它藏在沙子里，默默地为将来的某一天起飞做准备。这真是一种志大无比的小虫啊，它的耐性大得可怕。不过对于蚂蚁来说，它也太阴险了。

初中二年级的时候，我们班来了一个转校生，是个小姑娘，叫"肖聪"。因为她长得非常好看，大多数男同学都不太和她说话。有一天课间操，"黑汉腿"瞥她一眼，然后慢慢走近了，把装了"钢虫"的玻璃瓶掏出来，迎着阳光看了一会儿，突然大声嚷道：

"我爱小虫（肖聪）！"

炕和猫

"狗在地上，猫在炕上"，这是外祖母常说的一句话。她的意思是，猫和狗是两种不同的动物，对待它们要有原则，不能乱来。比如说狗上了炕，她会马上严厉地斥责，让它快些到地上来，不然就打它了。猫蜷在炕上，她从来没有不满意过，有时还主动地把它抱到炕上。

有一段时间，我从学校或林子里回家，第一件事就是看看炕上有没有猫。因为它蜷在炕上的模样早已让人习惯了，觉得那样才是正常的。其实猫也有自己的事情，它常常不在家里更不在炕上，而是去林子里、去其他地方做点什么。它主要是贪玩，其次是要了解外面的世界。

我发现猫喜欢的地方与我们一帮朋友大致相似，比如林子、园艺场和村子等。它如果不按时到这些地方去转一转，就会寂寞。它还会与另一些猫在一起打打架什么的，这与我们也差不多。

不过猫一定会按时回家，待在炕上。那时候它很正经，好像从来没有胡闹过似的,表情十分严肃。我有时与它一块儿待在炕上,长时间看着它严肃甚至还有些忧愁的小脸,用力忍住才不会笑出来。它在思考什么大事?它沉重的表情让我不好意思将其抱起来嬉耍。

当它低头思索的时候,我们所有人都得承认:它的心事太多了,也许正思索着全世界的大问题呢。它真的像一个智慧老人,长了两撇胡须,永远皱着眉头。我伏在炕上,与它面对面看。这时它一点都不理我,只偶尔半睁眼睛看看我,然后重新闭目思考。

可是我不会容忍它一直这样严肃下去。我要和它玩,无论它愿意与否。我捏捏它的鼻子,亲亲它的额头,握住它又软又小的一对巴掌。在这个世界上,谁的鼻子长得比猫更好看?圆圆的直直的,还有一层粉细的绒毛,摸一摸有一种美妙的手感。如果把嘴巴贴在这个小鼻子上,会有一种痒丝丝的感觉。

它偶尔也会停止思考,让我玩一会儿。但是它如果正想着某种大事,就一定会千方百计挣脱我,去另一个地方待着。它从炕的这头挪到另一头,有时干脆冲出屋子,跑到灌木丛中,或者爬上高高的树杈,趴在那儿思考。

猫是所有动物——包括人——当中最善于思考、花费思考时间最长的一种。当然它不会告诉自己思考了什么,这一点也跟我们差不多:平时谁也不会将自己思考的内容公布出来,除非是写作文。

我在炕上写作文,然后就读给猫听。它听得很认真,一字不漏。读完了,我抚着它的头,想知道它的意见。它先要安静一会儿,接着就舔起了巴掌,一下一下洗脸。我明白,它的这种动作是对我表示最高的赞美。

随着冬天的挨近,猫在炕上待的时间越来越长了。炕洞里有热气,炕上热乎乎的,它伏在炕角打着呼噜。因为家里人都忙,父亲母亲不在家,外祖母也多半时间在院里,这时也就只有猫在屋里了。它守住了一个家,使这里不至于空空荡荡的。我背着书包回家,首先向猫报到:我回来了。

狗有时也要钻进屋里,在炕下徘徊。它急得团团转,却不敢上炕。它嫉妒炕上的猫,时不时地将前爪搭到炕沿上看,但最终还是没有跳到炕上。猫对急躁的狗睬都不睬,根本不正眼瞧一下,因为它心里再明白不过:狗是没有资格上炕的。

冬天终于来了。这里的冬天多冷,北风呼呼刮,雪花零零碎碎飘下来,滴水成冰。这个时候无论是园艺场还是林场、周围村子的人,全都躲在家里了。而全家的中心就是炕,炕洞里燃起了木柴,烧得噜噜响。

一家人都坐在炕上抽烟,吃地瓜糖,讲故事。如果有串门的人,也一定请他脱了鞋子上炕,和全家围坐一起。这时炕上的猫不再独自思考,而是用心听着每一个人讲话。它大概听得懂所有话,一会儿看看这个,一会儿看看那个。

它最爱去的地方是外祖母的怀抱。她抱着它,一会儿抚摸一会儿拍打,有时还要往胸口那儿拢一下。

母亲说："猫跟你姥姥最好，他们关系最近。"

我问："它和我怎样？"

母亲说："差多了。它不喜欢你。"

我心里有些委屈。因为全家人谁也没有我花在它身上的时间多，我总是和它玩啊玩啊。"为什么啊？"我问。

母亲说："你不让它清闲。"

林与海与狗

　　想起过去,心中往往出现并列一起的三部分:林子,大海,狗。它们纠集于我的童年。也许"狗"做了一切动物的代表,但它还仍然是具体的狗。它不仅给我友谊,帮助我理解,而且让我透视了许多生命的奥秘。林子在海滩平原上,狗和各种动物在林子中,我则徘徊在它们之间。

　　上学后,童年就被约束了。但走出校门的时间总多于规规矩矩做学生的时间。我们撒腿在林子里奔跑,欢乐享用不尽,留做滋养一生。我们从小就认识了数不清的植物。大树灌木花草各长在什么地方,什么模样,都了然于心。它们后来只需我们以植物学上规定的名称重叫一次而已。

　　海滩上林密人稀,只有很少几个村庄散在林中。猎人、采药人、渔人,是他们在林中活动。关于林子的传说很多,这些传说的主题从许久以前就形成了,主要是劝人不要伤害动植物。它贯彻了人与物平等的观念。比如说口口相传的故事中,人往往不如一只动物善良和聪明，也不如一棵老树更值得敬重，等等。

国营林场里有一位老人，一些年轻工人。他们对我和朋友们都很重要，反过来也是一样。他们给我们故事和吃的东西，让我们看他们的狗；我们则使他们不寂寞，高兴；有时也让他们解解恨。因为人有时候总要发火，骂人，要追赶，这都是经常发生的。林场的人常为一些微不足道的事情翻脸，如临大敌地追捕我们。我们就在林子中蹿与藏。他们大了，心眼多，可是跑得慢，手脚笨。其实我们不过是摘了他们几条黄瓜、爬树折断了枝丫之类。他们动此干戈多不值得。现在想一想，可能是他们太孤单无趣了，就半真半假地纠缠我们。

还有果园工人。这些人与我们好的时候特别可亲。好的季节是冬天和春天。那时他们修土埂、浇水和剪枝，在鲜花中劳动，人也和蔼。他们开我们的玩笑，互赠吃物，与各位家长来往时笑脸相迎。但果子大了熟了就不行了。那时他们声气变粗。因为我们要想法弄一些果子。现在回想，人在小时候对樱桃、李子和苹果的思念真是不可思议。一定要偷、要摘。吃果子的欲望盖过一切。人的生命在那个阶段可以概括为"果子时代"。

也就是那种欲望使我们与果园工人关系紧张。他们提防我们，用对付敌人的办法来整治我们。比如埋伏、设绊子，一旦抓到就不依不饶。我们顺着紫穗槐灌木往前爬，爬到果园来一次偷袭。而他们也常常趴在紫穗槐下守株待兔。那是恐怖难忘的季节。

许多人在我们长大之后，在庄重的场合相互见面了，一想起往昔的对峙，个个不无尴尬。

穿过林子和草地去海上。海的春冬秋夏各有不同，很难说哪个最好。有人特别歌颂夏天的海，一提到海就是"畅游"。这是不能深入了解海的缘故。真正的吸引分在四季。冬海的颜色，浪涌推上的螺与鱼、一些木板小瓶杂物，就远非其他季节可比。还有，冬海里没有多少船，海边最静，只有看渔铺的三五个老人。他们脾气怪，有新鲜大鱼，还教我们抽烟喝酒。如果要了解大人的故事，就得去找看渔铺的老人。他们健谈，乱说，没有禁忌。冬天的大鱼有逼人的鲜气，一锅鱼汤的美味从此不忘。冬鱼油旺，白水煮鱼只放一点姜和醋，有时还洒几滴酒。老人让我们回家偷酒，我们偷了。记得我们当中就有四个是他们教会了抽烟的，家里人发现了也并不严厉制止，只说："抽吗？早了些。"

夏天进海游泳的欢乐说了又说，是因为我们见到和经历的非他人可比。有一个叫"老黑"的人，能手擎裤子游到深海，来去自由。有一次他与人打赌，说要游到水雾蒙蒙的一个岛子上。他真的游去又游回。而今这一段水路通客船了，船跑一个单程要半个小时。

海上不穿裤子的人多，他们自然地来往，劳动中的裸体好看。我们从小习惯了这样的裸体，懂得了人体美。我们同时注意到：买鱼的或来海边游玩的女人并不憎恶和好奇。她们安详平静的目光在裸男身上划过，让人觉得成熟和从容。这一点经历，能够让我们在后来的社会风俗变异中安然处之，让我们较为坚强和正常地面对各种思潮，包括社会体制的变革。

我们还亲眼看到一个人赤身裸体在海里逮一个大海蜇。它的彩色飘带缠到了他身上，使其疾喊无声，最后遍体烙伤。人疼得死去活来，躺在沙滩上滚动。

海上老大嗓门最豪，他是我一生中所见到的最能粗吼的人。这人后脖子上有一块厚肉墩，一在沙地上跑和喊，那肉就不停地颤。我们无论是在光亮逼人的白昼，还是在一排排火把下，都过分留意了他那个大肉墩。我们甚至觉得它是海上老大的必然徽章。他长得粗眉大眼，五十多岁；据说二十年前浪迹天涯，并为许多女人所宝爱。

受人护佑和珍惜的大狗在人群中伫立、游走。它们有人一样的神情，挺胸昂首去看汹涌的海。它们见了打招呼的人就点点头，活动一下双脚，重新观察大海。不少人提到了欢蹦的狗和顽皮的狗，当然，那是它们幼小的时候。投入成人生活的大狗神气很像人，并且不苟言笑。

我们养了几次狗，为它们自豪和痛苦。它们一生的主要事迹可以写成一本大书。它们个个温情和机智，见义勇为。它们的结局都与动荡的社会有关。在急剧躁动的岁月，人都变得疯狂了，所以它们就成为牺牲品。这样的悲剧是人类社会悲剧的缩影。这使我们在后来的悲剧——发生的和必将发生的悲剧中，能够有所提防、有所预感和有所认识。

大黄狗、棕色和栗色的狗、大花狗，都是品质优异的狗。它们在进入人类生活之前仿佛先自选择了一次，因为我不记得特别坏和特别让人厌恶的狗。它们陪伴了童年，并让人长思不绝。

刺　猬

　　刺猬是我小时候最喜欢的、感到神秘和不解的动物之一。满身长刺而且目光温存,羞涩可人,行动似乎笨拙实则技艺超群。我饲养它的过程充满了不解,有时真的接近于传说和迷信。当地人都说刺猬有非同一般的神力,比如说它会通过"土遁"而神秘地消失。这是真的。有一天我找到一只大个的刺猬,回家时已是深夜,就把它反扣在一个筐子里,上面又压了大块的石头。可是天亮以后我掀开筐子发现是空的,而地面却是坚硬的且没有掘痕! 即便在城市我也养过刺猬:放在干净的大盆里,喂它炸鱼或火腿肠,一点牛奶之类。它们的饮食习惯并不一样,性格和胆量也不一样:有的养了几天还怯于见人,有的后腿还揪在人的手里,却已经伸出长嘴找东西吃了! 它们会像人一样侧睡,还会打出轻轻的呼噜。它的咳嗽特别像人,有一次我在一间果园小屋午睡,几次被一种老头的咳声弄醒,出来看了几遍都没有人,后来才知道是窗下草垛中的刺猬在咳。有一个看园人长期与一大窝刺猬相伴,已经与之结成挚友，他一拍巴掌它们就出来与他玩。

我一直喜欢这种动物，还曾经在家里饲养过它们。我住的地方有许多刺猬，小时候也听了许多它们的故事。一直想以之为题写一写。有人说，如果怀抱刺猬，就会有一种"扔了可惜，抱着扎人"的感慨。这是中国人爱作的比喻，说的是一种两难状态。如今无论是身边的生活、还是整个的世界，处处都是两难。许多人看了这部书，感慨说：我们一觉醒来，突然发现自己走到了怀抱刺猬的十字路口，走到了需要更多智慧和勇气的时候了。可是，我写作时当然不会有这么强的理念。我只不过是喜欢刺猬罢了，特别是着迷与之有关的那些故事。

在海边密林中，人和动物交往的各种情形是城里人难以想象的。狐狸、兔子、大鸟、獾等等，它们行事都有自己的规则，这不是可以随便编造的。比如说大鸟做了獾的事情，人们一看就觉得不对。同样是有极大灵性的动物，狐狸和黄鼬的行为方式、它们的爱好，都各不相同。大海边的过去，即密林时期，几乎每个月都有关于动物与人交往和过从的最新消息。现在人烟稠密了，人多了，工业化的轰鸣声把它们赶得远了，但是在那一带，它们与人过往的消息仍然还有一些，只不过是少多了，大约是几个月才传来一点。在当地人人知道，刺猬是一种机灵无比的、善良多情的动物，它们从不做坏事，沉默安然，多少有些羞怯，没有侵犯性格。它们在自己的王国里一片忙碌，常常搞一些食物大贮备之类，这一点儿童画书上描述得十分生动，并不完全是想象出来的。刺猬的咳嗽声几乎像人一样，只是因为年龄大小的关系，有的像老头，有的像小孩。它们唱歌时一般要选在一个明亮的月夜，那会儿是群声齐发。有人说那是海边林子在风中发出的声音，其实未必那么简单——海边人怎么能分不出风声与歌声呢？它们的歌唱一般来说传达了美妙的预兆，如财宝现世，如爱情到来，诸如此类。它们的歌声主要构成了对于少年的无比吸引，令其大为向往。

马与狐狸与刺猬

一

园艺场的饲养棚里有很多可爱的动物。小时候,那是我们获得欢乐的一个重要去处。它在果园深处,大约是在西北角的一片丛林里,四周有高高的、红砖砌成的围墙,有大烟囱,有白杨树,树上有一群群的灰喜鹊。饲养场养着一些牛、羊、猪、鸡、驴、骡,主要的还是马。饲养员有好几个,他们各自管理不同的动物群,戴着套袖、帽子,扎着围裙,手里总是提一把铁勺或扫帚,忙忙碌碌,一边做活一边咕咕哝哝。

他们大多是年过半百的人,几乎无一例外地叼着一个烟斗。

养马的是一个叫老安的老头。据说他以前当过兵,在部队就养马。在我看来,只有他才更像一个饲养员。老安当年在一个骑兵连里喂马,由于没有文化,自己也讲不清那是一支什么队伍。有人怀疑他当过白军,甚至是土匪。老安极力否认,可又拿不出证据。

就是这样的一位老人,和善、安稳,对所有的人都不敢得罪,因为他的身份还是一个悬案,所以他要讨好所有的人。

那一排大马油光闪亮,红色的、棕色的,甚至有一匹接近纯白色的,可惜它的尾巴那儿有一点儿灰黑色,耳朵上有着黑斑,肚腹那儿颜色也不太纯;要不的话,它该是一匹多么漂亮的白马。比起它来,它身边的另一匹灰色的马却完全是统一的颜色,而且这匹马微胖,毛色也更亮一些。我们都觉得它是一位女性。

老安告诉我们它是一匹骒马。我们从这位老人的嘴里懂得了"骒马"就是"母马"的意思。

二

我不知自己叫什么名字,他们叫我"马",还叫我"灰子"。当他们喊"马"的时候,我和同伴一起抬头;当他们喊"灰子"的时候,我知道那是针对我自己的,这时候一股热流就从我的下颏那儿泛上来;它们涌到我的双眼,使我差一点儿渗出泪水。

站在我身边吃吃喝喝的都是人,他们比我高,可是他们没有我长,他们的体重、他们的规模远没有我大。他们的模样在我看来很怪,尽管有时候显得非常可爱。我总在路上看到那些树木、电线杆,还有烟囱,都跟人的模样有许多相似:它们都是高的,而不是长的。就因为人的缘故,我对所有高的东西,都存几分敬畏,主要是害怕。

有一次我到南山,正走在路上,听到一声钝响。原来有一个人在路边的草丛那儿,手拿一个棍子模样的东西,指向一个奔跑的野兔。挺好的野兔,它的尾巴就像一朵会移动的花。那根棍子冒出一股烟,小兔倒地死去了,流了很多血。这样的情景我后来还见过好几次。

一只狐狸,漫长脸,很漂亮,我认识它,也认识它的母亲。它的母亲叫小梅。就是人自己也起不出这么好的名字。它的女儿刚两岁多,就被人用这种会冒烟、发出暴响的棍子给打死了。

人在我眼里是非常奇怪的东西,残暴、温柔、性格开朗,有时又阴沉、凶险。我不知该怎样对待他们。在他们当中,我大致可以这样排列:小孩比大人好,女的比男的好。我非常喜欢的是那些长着很长的毛发,甚至是把它们辫成辫子、穿花衣服的人。她们的眼睛比较好看,更亮一些,她们的嘴角往上翘,湿润润的。她们看我的时候,双眼都发出儿童似的光芒。我发现这些有很长的头发的人,要衰老非常慢,她们的目光里永远有孩子一样的神情。我很少能把她们区别。

有一个孩子在衣兜里装了很多花生果,看到四下没人,就把它掏在我很大的四方木碗里。多么甘甜,我忘不了他给的宝贵食物。

有一天,就在我驾车从南山走出时,在一个下坡地上,赶车的年轻人把车停了,我们一起歇息。他招呼路边的一个人,看来他们都是熟人了。我顺着他的喊声望去,见那是一个头发长长的人,就是那种非常可爱的、有着儿童一样眼睛的人。她在喊声里高兴了,蹦起来了,又从一个地方提来了水。我知道那水是给我的。

我喝上了她给的清凉甘泉。我喝着，忘记了一切，因为我出汗很多，太渴了。正这时候，我被身边的一种声音给吸引了。

那是非常熟悉的一种声音。我一抬头就看到：赶车的青年和那个姑娘贴紧在一起。姑娘很矮，跷着脚尖去吻他，他们的嘴巴对在一起，就发出了那种好听的声音。小伙子又在姑娘耳朵跟前咕哝，发出哈气声。那个姑娘的脸一下红了。我觉得她的眼睛里有火苗在闪跳。

他们分开，每个人都把手按在我的脊背那儿。他们的手像烙铁一样热。这时不知为什么，我抬起头，在小伙子和姑娘的脸颊那儿一个挨一个地吻了他们一下。他们皱着眉头，一边擦脸，一边怨怒地盯我。

后来小伙子吆喝我，要我上路。姑娘把水桶提起，竟然也跃上车去。小伙子用鞭子敲着我的后背，只是一个习惯性动作。我加快步子。

那个姑娘在车上坐了很远才跳下车去。他们就这样告别了。很远了，我还看见她站在田里，头上包扎着红头巾，多么鲜艳。野地是绿色的，而她是一个红点，一把火。

回来后，受人的启发，我也想去吻同伴。我旁边是比我大一岁的棕色雄马，脾气暴躁。他烦躁的时候，甚至用蹄子踢我。那是无缘无故的发泄，我总是迁就他，他什么也不懂。他还比我大一岁，可是我比他懂得多。一天半夜老安来了，他总不忘给我们饮水，上草料。他离开后，我看到身边的棕马有些高兴，他正看着我，目光里有渴求、有微笑。我明白他在渴求什么，有好几次他想来拥我，只是他的缰绳太短了，很难挨近。我们只能把脸颊贴在一块儿轻轻磨蹭。这一天我主动贴近了他。

我们在一起相挨了很久。他全身都抖，每一根毛发都抖……正这会儿老安来了。他发出"哼"的一声，烟斗取下来。他在看着我们。月光下我看得清楚：老安眼里闪着泪花。他的眼睛离开我们，望望天空，望望月亮，又蹲下。他不停地吸烟，火头一闪一灭。他咳嗽。

就是这天早晨，那个送花生果的孩子又来了。他这次从衣兜里掏出两个苹果，一块儿放在了我的面前。我咬起一个，毫不犹豫地送给我的棕马伙伴。他高声大叫。

我们细细地享用了这一枚红果。孩子抱住了我，他的脸贴在我的脸上。我一刻不停地吻他。这个孩子哭了。

你为什么泣哭？我仰起脸来问他，他听不懂我的话。他不停地哭。

三

有一只刺猬，常常在半夜到马棚来溜达。它想找一点东西吃，更多的时候是想嗅一嗅这里的气味。它的长鼻子一动一动，就能嗅到马身上所散发出来的那种好闻的劳动的气息。还有，从它们身上，大约是脊背那儿吧，经常散发出一股太阳的气味。"很好闻，很好闻。"它这样咕哝着。

它特别想离这些大马近一点儿，想瞅一瞅它们完整的形象，可是做不到。马太高、太大，四根腿就像宫殿的柱子，眼睛差不多比得上它的整个头颅；还有朝上竖起的一动一动的双耳，长长的脸……"天哪，这是一种什么神奇的动物？"

过去，刺猬非常崇拜人。因为它从一个奇怪的角度才能看到他们的整体，他们的脸庞。它觉得这是一些向万物发出召唤的动物，而且能言善辩。好多人在一起，也可以一个人在一个地方。他们做很多事情，其他动物都听他们的话。有一些动物长着四个圆圆的腿，一走路就发出吭吭的声音。人可以骑到它们身上，指挥它们。人可以搬得动、挪得动、指挥得动许多比他们大得多的动物。他们高兴了简直可以移动山峰哩。

有一段日子刺猬非常喜欢喜鹊和燕子。因为它亲眼看到它们打一个漂亮的旋儿，飞上一道道高压线，在那儿排成美丽的一行。它在心里想：如果跌下来，那该怎么办呢？它们的身子一翘一翘的，眼看就要跌下来了，最后还是没有。它们旋动着，飞向更高更远。

有一个非常大的鸟飞到了云彩那么高。它问年长的刺猬，年长的刺猬告诉：那叫鹰。从那儿以后它又最崇拜鹰了。

它最同情的是在地上蠕动的蚯蚓，还有在植物的茎秆上爬的七星瓢虫之类。至于说那些蜜虫，它连正眼都不瞧一下。

它崇拜马有一段时间了。最初它是看到灰子拉一驾大车，车上装满了石块。"天哪！"它惊叹了一声，眼看着灰子拉着这车从山坡到大路,滚滚而来。它吓得躲到了路边。像雷声一样的车子隆隆走过,它还在那里惊愕不止。

从此它知道了马竟然有如此巨大的力量。有一只灰喜鹊停在低矮一点的枝丫上,那圆圆的小脑壳摇来摇去。刺猬问:"看到了吗?"灰喜鹊说:"这是自然的了!""你怎么想呢?"灰喜鹊圆圆的脑壳又摇动了一下:"你还没有看见它们独个的时候跑起来,那才叫漂亮,那是电光啊!"

灰喜鹊说过这话不久,大约是一个傍晚吧,刺猬听到了咯噔咯噔的声音。近了,真的是一匹大马,火红色的,就在霞光里蹿跳。它跑到原野上,打一个漂亮的旋,又奔向远方。那鬃毛啊,在晚霞中燎动,燃烧。大马那么快地蹬上山岭,又冲下漫坡。它望不见了。有一群鸟雀追赶它,在高处叽叽喳喳为它叫好。后来,这匹马又箭一般地射过来,"是啊!它是闪电啊!"刺猬心里说。

刺猬甚至在一个夜晚听到了一只狐狸、草獾,还有一只黄鼠狼之类的,反正是五六种动物在那儿叽叽喳喳地闲扯篇儿。黄鼠狼说:"在所有的动物当中,我最喜欢的是马。它老实,从来不欺负别的动物,而且只吃草,不像有的东西,乱咬。"草獾说:"马又大,身体又亮,比人好二十倍。"另一个动物说:"我一想到马就很害羞。它美丽,只是自己美丽着,它什么时候以自己的长处来比我们的短处,又什么时候嘀嘀咕咕说过我们的坏话呢?"狐狸说:"是啊,我虽然一张脸也很漂亮,许多人却憎恨我。虽然他们憎恨我,但我仍然也还是漂亮。连那些高傲的人也承认我的智慧。可是马呢,像我一样漂亮,人却从来不憎恨马,可见马身上有高人一等的地方。"草獾说:"人算什么? 他们身上有一股不让人喜欢的神气头,而且还总要骑在马的身上。我亲眼看到一个人骑在马的身上,用鞭子不停地抽马的屁股,让马飞快地跑。"

另有一只动物一直躺在那儿呼呼大睡,它的体积也很大,刺猬不认识它。这时候它好像刚刚醒来,瓮声瓮气地加入了谈话,说:"我的父亲以前咬死过一匹马,为这事,我的妈妈害羞、难过。她从我刚懂事的时候就嘱咐我,再也不要去伤害马了。马是善良、和蔼的朋友,马浑身上下都没有一点儿缺点。"刺猬在黑影里尽力地看去,这才看清:它是一头豹子。豹子打着呵欠:"你们快快走开吧,我正在学马吃草。可是在学会之前,你们在我旁边都是很危险的——我这才算是说了一句实话。"

它再一次伸着懒腰、打着呵欠。这时候所有的动物都"轰"一声散开了。

水　怪

　　这件事也发生在南山。所谓"南山"这个概念，在犄角平原上有一个固定的指向：南边那一溜深蓝色的镶边；它的后面差不多等于异国——一个特别偏僻和陌生之地、神秘之地。直到交通特别发达的现代，犄角平原上的人提到这两个字，还时不时地流露出一丝轻蔑。

　　我有时想，生活在山地的人要获得一种尊严可真难啊。因为在这儿，所有的尊严都被高耸出地表的坚硬岩石给领受了，在它脚下活动的一些生灵就难以享有了——他们在高地上摸爬、攀登，还有，为了维持自己的生命所投入的一代又一代的拼力挣扎，都成了某种低下和卑贱的证明。

　　大约是一九五七和一九五八年间的事情吧，那时候动员起千千万万的人，在南山一条纵向大谷里实施了一个惊天动地的工程：修建一个蜿蜒百里的大水库。

　　工程完成之后，即便是干旱季节，这里还是水汽缭绕。因为山落水，溪水，各种各样的水，都在这儿打住。一条水坝使四下的水在此储存起来，不到万不得已是不会被放掉的——现在放水的机会更是越来越少了，因为天越来越旱。雨雪的减少，在犄角之地是人人谈论的事情。上帝很神秘很缓慢地进行着这个过程：削减雨雪。

反正是离开了水，这个犄角就会失去丰饶；而丰饶，从来都是这个地方的自尊和自豪。但南山那片大水还在，我去看过。它走近了像一个湖，离远些像一条江。没人听说这片大水有干涸的时候，所以它的基底、深处，就足以掩藏了什么——这让人去想象，甚至不仅仅是想象——因为不止一次，居于大水两侧的山里人发现了从水中冒出的怪模怪样的东西。他们笼而统之喊它为"水怪"：巨头，粗颈，从未见过的五官和肤色。有的描述成狰狞，有的则说它憨态可掬。但致命的问题是，所有的目击者都只看到了它的一个头颅，顶多是一段颈部和浅露的一小块脊背。

冰山的雄伟是因为四分之三在水下，水怪也是一样。它巨大的躯体只好留给想象了。

这片大水由一个水管所管理，有一些国家正式工作人员为它服务。可这些人却没有一个见过水怪，但又没有一个没听过它的传说——看来一切都要依靠群众，不论是战争年代还是和平环境，就连对待自然现象的诠释也不能例外。群众见过水怪，而且言之凿凿。

我怀着朝圣般的心情看着这片大水，因为它凝聚的劳作，它的辽阔，还因为这个传说。我也询问了一些目击者——其实真正的目击者微乎其微，但总还算有。

夜晚我住在那儿，享受着从大水中漫过来的湿气，嗅着浩瀚的淡水所散发出的特殊气息，听着"咂咂"鱼跳，还有不知名的傍水而生的动物的"咕咕"叫声。环湖有多少奇怪的生物，它们在不停地奔走、窥探。像海边和湖边的渔民一样，它们也在打这片大水的主意。有一次我甚至在湖边上看到了一双蓝幽幽的眼睛，那是豹子？山狸？或其他？都不知道。它悄然消失在无边的黑影里。枭鸟孤单的鸣叫声让这里变得可怕。有一些甲鱼爬上岸来，一直逗留到清晨，让沿湖散步的人把它们赶到水里；而有一些贪婪的人就随手捉走了它们。据说甲鱼是有灵性的，犄角上的人，特别是老人，对其心存敬畏者不在少数；而那些新兴的现代青年，还有所谓的企业家和小官人，只是将其作为营养美味和增加力量的滋补品，大啖一通。

这个水怪如果真的存在，那么它让人发生疑问的至少有这样几点：一是它从何而来，是否在此繁衍？再就是它到底有多少？是否是河马、鳄鱼或类似的东西？

但即便是后者也足以让人称奇。因为从来没人听说过犄角上的任何一个地方出现过它们的踪迹。

少年和生灵

我们小时候与动物、与各种生灵的关系是很密切的。因为四周都是林子，无边无际，所以有时候觉得人与动物植物的关系比人与人的关系更密切。少年的特征就是这样。只有到了更年长的时候，要更多地忙于生计时，才会对社会间的人际关系发生深刻的印象。我们那时候在林子里的小学，同学们很少有不带小动物上学的，大家把小麻雀和刺猬、红蛹和青蛙之类藏在小盒子里、放到桌洞里的事情是经常发生的。小鸟养熟后随人而行、伴人上学，一路尾随着，是十分令人羡慕的事情。

那时对于动物的特异本领是深信不疑的。因为耳濡目染的都是这一类。对于植物也心存敬畏，比如一棵特别大的树木，是没有人敢不敬的，村里人有了什么事情，是要去求其照应和保佑的。有时整整一个村子都会把未来的希望寄托在它的身上。我至今还记得有一天正上课，一位同学来晚了，老师责问他，他就如实说：昨夜是帮叔叔逮狐狸了。而这个狐狸不是藏在其他地方，而是藏在婶母的身上！这种事今天的孩子是会觉得荒唐的，而在当时和当地，没有一个人会觉得有什么奇怪。在那时，在林子茂密之地，这一类故事离人们的生活真是切近无比，几乎每个星期都会发生。人们在林子里、海上遇到奇怪的动物、与之有了什么特别的过往，都不是什么惊人的出奇的大事，而是十分自然的。不仅是狐狸，就是黄鼬等，也可以毫不费力地藏到人的身上。

直到前些年，林子边上的一个电动面粉厂还发生了一个真实的故事：半夜无人时，电动机常常莫名其妙地开启。有人终于费力地探出了究竟——原来是一群黄鼬等动物日久天长窥到了门道，竟也学会了开启电动闸门，它们呢，伸出毛手合上闸门，让机器转动，然后就坐在长长的电动筛子上，坐成一排，享受一荡一荡的感觉！这不是传说，而是真事，是许多人都亲眼看到的事情。这些事，少年的经验是最多的，因为他们与动物植物有着更亲密的接触。这些经历，应该是文学的资源，也是人类与客观世界相依相存时的一些参考。人类不必过分自以为是，不必过分自大。人类学习和探索的道路还十分漫长。

第五辑

生命的力量

　　谁能想得到,一片坚实的水泥地板,有一天夜里忽然发出了咔嚓咔嚓的响声。它本来是由石子和水泥铸成的,几乎是不朽的,像钢板那么硬;它甚至发出一种钢蓝色——水洗之后,这种光色常常让人将其误认为金属。

　　可是我们今夜听见了它咔嚓咔嚓的声音。

　　后来,几天之后,你发现它有了一道裂纹,细细的。你略有不安。因为这裂纹一点点加大,不是一道,而是好几道。你感到好奇,蹲下来观察。

　　又是几天过去。你发现在几道破碎的裂纹交汇点上,露出了针尖大的嫩芽。你差不多是惊呼一声,跳了起来。后来你又蹲在那儿更仔细地观察,伸手去抠裂缝,试图解放那一点绿色。完全做不到,水泥板坚硬得很。

　　你想:完了,它注定会被扼杀。这时候你甚至怀疑那裂缝不是由它造成的。但是后来你又很快知道自己错了——因为裂纹仍在扩大,那针尖大的绿芽挣扎着伸出头来,已经绽放出两个叶片。

你发现这是很熟悉的两片叶子,是什么,暂时还想不起来。

出于对它的怜悯,你又一次用手指甲、用一根铁条去撬,去解放这个稚弱的生命。

仍然像上次一样,地板如同钢板,它不过是有几道裂缝而已。

一个星期之后,再一次看这片水泥板时,你大声惊叫了:原来裂缝之间的板块碎掉了,那儿长出整整一大捧绿色的叶子和枝丫,它们硬是顶破了坚障;这会儿,它们正蓬蓬生长,叶片上满是阳光。你看到有几块水泥板碎成了巴掌大小,已经完全松动了。这时候你认出:它是一蓬枣棵。在它的枝茎上,叶芽上,长出了小小的尖刺。

它旁边的水泥板又在破裂,又有新的绿芽钻出。你拿起被顶破的一块水泥板端量着,发现它的断茬足有两公分厚!天哪,这真是一些柔嫩的稚芽弄成的吗?这是什么样的力量,这简直是一个神话……如果不是亲眼所见,你无论如何都不会相信。

你想给它留一个照片,因为这是一个奇迹;而所有的奇迹都应该被记录。所以你就那样做了。

这一次生命遇到的是坚硬的地板;而生命还会遇到各种各样的、几乎是不可逾越的险阻,比如干旱、烈火、刀子的砍伐和镢头的挖掘:各种戕伐都有可能发生。我们看到春天萌发的那片绿芽——有时这只是粗暴的挖掘之后,留在土里的零星根须所萌发的;久旱不雨的荒漠上,却那么顽强地生长着草和灌木,还有星星点点的花朵……这就是生的顽强，生的欲望。死亡是黑暗，是永远没有尽头的黑夜；就为了那一线光明，它在倾尽最后的力量挣脱，向着光明探出身躯，哪怕只看一眼，只看到一角天色，也不枉费一生。

关于求生的故事不知有多少，那真是言说不尽。没有生命的电光，黑夜就会笼罩。生命迸发出电火，照亮午夜的苍穹。星光太遥远了，它在太空闪烁，晖芒还不足以光彻人间。比如说我们无法在星光下读书，我们仍旧需要灯火。灯火就是燃烧，是高高举起的光明。

石板覆在沃土之上，禁锢孕育万千生命、有着无限生机的大地。大地是力量的源泉，大地可以产生无尽的奇迹。再坚硬的石板，比起大地，也仅仅是微不足道的泡沫。大地上有一层肮脏的蛛网，它等待一只手将其拂开、擦掉。

一个生命终于来到活着的空间，有声的空间。听啊，这么多的嘈杂、喧闹、叫嚣，各种各样的声音都汇集一起。多么雄壮的音乐，多少曼妙的歌唱。这一切都是在黑暗里难以寻觅的。

这束枣棵不记得埋在黑暗中多少年，它总是被巨大到难以想象的沉重所压迫，不能伸展四肢；它的脊椎就要折断，它咬紧牙关才挺住。又过了许多许多年，煎熬使它夜夜泣哭，走入绝望。为了驱赶这绝望，它只得用五彩缤纷的梦境，想象那一天到来的幸福。它就用这不灭的希望鼓舞自己挺起脊背，攥紧拳头。它开始击打，不停地击打。一开始，回应它的只是沉默。它等待每一年里最有力的季节,那个季节的名字叫"春天"。

在春天,它才觉得身上充满了过去所没有的勇气和力量。它听到的都是自己攥紧拳头时骨节发出的啪啪声。在极为安静的时刻,它听到了遥远而迫近的呼唤。那是生的呼唤,是光明在呼唤。

许多年前,母亲离开时把它遗在深土里。那时它只是短短一截根须,为了生,它就用力地抓牢沃土,吸吮着。就这样,它活下来,鼓着勇气默数时间,寻找能够挺身而起的一天。

……最后听到了破裂声,它简直不能相信。看到了从缝隙里射进来的第一缕阳光,不知因为眩目还是因为感激,泪水哗哗流下。太阳升起来了,阳光越来越亮——这时谁都看到枣棵满身满脸都披挂着泪水。

这么多的泪水,这在过去从未有过。泪水把四周的地板打湿了。这是幸福的感激的泪水。

就这样它第一次看到了太阳。它不认识它,只在传说中听过它的名字。很久很久以前,母亲曾指着大地告诉它:这才是万物的生母——而这个时刻它仰脸看着太阳,只想叫一声"母亲"。它不知道这样称呼对不对,只是泪眼汪汪看着。

它在心里默念:太阳啊,是你给了我勇敢,给了我一切。

土与籽

　　无数的形影和目光在流动、飘忽，来去、消失，降临、重合，无影无踪了。可是这一切会在心中留下痕迹，使之不能忘怀。陌生的，熟悉的，似曾相识的，都在脑际交叠、重合……人已来不及叹息和感慨。这一切想来是如此奇特，令人惊心动魄。尽管它们更多地化作日常的琐屑和凡俗，可是在这深夜，在一个人的时刻，当人凝视夜色，悄思考量之时，又会怦然心动。

　　它们是这样不同，迥然不同。同一片泥土，同一片苍穹之下，闪烁的星斗之下，竟然映照着这么多不同的生命。

　　它曾经使人陷入深深的困惑和不解；当试图使自己笃定时，又感到了许多宽慰。无法直抒的柔情，难以传呼的同伴，没法携手的挚友，不能继续的旅伴——看着你新添的美丽白发，一阵感激。我们觉得这是为我而生，为他而生，为这个时代而生。美丽的白发，不可替代的银光闪闪的丝缕，由最美丽的精神凝结而成。可以爱它。目光久久地盯视它。

同一片泥土却抛下了不同的种子，它们也终于结出了不同的果实——幼小时都是绿色的，叶片也难以区别。在阳光和雨水的滋润下，在自然的生长中，只有时间会将它们鉴别。有的笔直向上，有的匍匐在地，有的爬行，有的直立，有的扭曲——比如白杨和地衣草，比如杉树和葎草。人们常常惊异于同一片土地生长出这么多差异巨大的生物，却忽略了基本的追究：土与籽的关系。

　　他们忘记了不同的籽必定结出不同的果，外力所能够改变的仅仅是微小的一部分，而不可改变的却是它的实质。它可以因为干旱、气候以及种种摧折而死亡，但却不可以长成其他生物。它可以由于种种恶劣的外部条件而瘦弱和矮小，可是却不会变成其他的生命。

　　一株白杨在风沙的吹打下枯死，可是它的枝茎仍然直立；绿色的汁水被一点点耗干，可是它的躯干却仍旧坚实。一株黄色的地衣草由于巧妙地攀附和吸吮而变得葱嫩、肥胖，可它仍然只是缠绕，只是匍匐和爬行。它难以独立向上，这是它的属性。

　　我们的悲哀在于没有能力鉴别土与籽的关系，没有能力区分不同的籽与不同的结局、它们所拥有的不同未来。在同一片精神的苍穹下，同一片精神的土壤下，仍然生长着不同的植株。同样的阳光雨露，同样的大自然的饲喂，它们却各自奔向自己的明天，寻找和靠拢着自己的终结，简直是别无选择。这就是命定。

　　在渠畔上，在一片湿润的疏松的土壤上，一株青杨和一株狗尾草同时萌发。它们都伸出绿色的、娇嫩的、小小的叶片，仔细辨认都分不出它们有什么不同。它们相挨着，亲昵地偎在一起，像一对孪生兄弟。它们一块儿享受着阳光和渠畔上丰富的腐殖土。充足的营养、流动的活泉，都催促它们快些长大。它们没有辜负这一切，真的飞快成长了。

后来，也就是那个春天逐渐走向深入的时候，它们的区别越来越大了。狗尾草的茎秆终于长出了一厘米，而那株青杨的幼苗却身姿挺拔。它尽管比那株狗尾草高不了几寸，可是那枝干似乎已经有点模样了。它的绿叶没有狗尾草的叶片长，可是更厚，叶子背面有一层泛白的毛茸，娇嫩的桃形叶在风中摆动。

它们之间大概也在用诧异的目光互相端量，再也不像过去那样亲密细语、紧紧相挨了。它们各自扭过身躯，尽可能地间离一点。它们由于性质的不同而不能够联结手臂，不能合拢。

春天继续深入，接着又是火热的夏天。当然后来就是寒冷的冬天了。狗尾草结籽并过早地收获，也走完了自己的终点。而青杨树才刚刚度过第一个华年。它又长出一尺多高。它的枝干又变粗了，叶片更为展放。秋天既过，它注视着同伴的枯萎，怀上无限的怜悯。严酷的冬天来临了，它第一次经受风寒，咬住牙关。风雪把它的叶片渐渐撕碎，又打落在地。它严肃地注视这一切。渠水封住，可爱的歌唱停息了。它要孤独地挨过这个冬季，息声敛气地等待春天。四周的草，那些比狗尾草还要矮小的荩草、节节草，都一片枯黄，没有一点绿色。而它自己还仍然执拗地把绿色蓄在了表皮。

后来是一个又一个春天，许多许多的春天，接连不断。它令人难以置信地长得越来越壮、越来越高，后来简直要去抚弄高空的白云。它长得笔直笔直，英俊高大。远方的人手指它说："看，那棵高大的青杨！"

　　在这片荒漠上，我们寻找着那株青杨。我们知道：它不会生长在茂密之地。密集的只能是芜草，顶多是灌木，而不会是挺拔的大树。在原野上，当它的身影出现的时候，我们为它的英姿而迷醉，甚至感到了微微的自豪。它不是我们，但令我们心向往之。它的直立和向上的气质吸引着，使我们无法把目光转向他方。

　　它具有真正的魅力。它是旅人的指路航标。它的绿荫可以使他得到真正的安慰。他可以依靠它，甚至可以与之倾谈。那些按照一些固定的季节被不断地播种和收获的植物都在它的脚下，散发着浓烈的、诱人的气味，但它们永远不会像它这样粗壮高大，也不可能像它这样坚实和执拗。它倔强独立的性格永远是生命的参照，是原野的骄傲。对比那些被不断收获的植物，它是一个奇迹，是不知来自何方的一粒种子。它不是由人抛下的，也不是为了收获而点播的。它是最自然不过的生长。它的存在只属于这片大地，还有白云和高空、飞翔的鸟儿，以及美好的黎明和黄昏。太阳总要格外多情地映照它的身躯。

　　青杨树，我们不能拥有你，可是我们愿把你植入心中，让你在其间生长……

荻　火

　　一片荻草像火焰一样向四周蔓延,汹涌着扑向四方。它带着大自然所赋予的那种不可遏制的激情,燎动和飞溅,仿佛可闻猎猎之声。火焰在空气中抖动,灼人的热浪扑面而来,火势在风中越卷越大,射向无边的荒原。

　　大自然总要以一些奇特的方式,以各种各样的方式,来表达和再现长久时光中所蕴蓄的巨大激情。它可以是峰如涛涌的山脉,是怒吼的北风,是烈风中狂舞的雪花,是暴雨,是雷霆电闪,是狂泻的瀑布,是大海日夜不息的喧声。它的激情可以化为愤怒,化为癫狂,也可以化为眷眷柔情。

　　像眼前燎动的这片荻火,多么好地再现了大自然那种不可遏止的感动、猛烈和狂放。夕阳下看去,它真像火焰,每一次拂动都像火苗的一次伸长。有时它又让人想起苍茫大地上奔腾着的人群和马匹,甚至是秋天里倾泻而下的秋洪,那不可阻挡的潮流。它们呈放射状向外奔突,呈一大股一大束,沿着不同的方向;它们显示了一种趋势和力量，让人想到历史的十字路口，想到发生转折的一瞬，想到决定了千年历史的一个关节……

夕阳下的荻火，烈焰所舐之中，隐约可闻金戈铁马、铿锵之声：呼啸，踏踏马蹄，刀戟相撞。大自然究竟有着怎样的激情，这激情又为何如此的阔大、辽远、执拗和急促？

荻火有时也在微风里荡漾，在暖阳下摇动。那时候它们柔顺极了。这又呈示了大自然的另一种性格：绵软可亲的抚摸的力量。它让人想到了微笑、和煦动人的话语、一个安慰和一次休憩。

几乎每株荻草都在抒发着自己的情感，都在传递着对时光的抗议，表达着无边无际又是真实可感的那颗爱心。它们爱阳光、爱风，爱使其回返青春的三月、催生花束的夏天，甚至爱使它们进入冬眠的寒冬。大自然是这样的美好，时间的节律是这样的均衡，一切的变故是这样的自然；风，雨，烈日烤炙的时刻和阴晦不明的雾天，寒冷，热烈，收获，孕育，一切都自然而然地发生了，让其经受和忍受，让其欢歌。也就是这些，组成了一个曲折遥远、色彩斑斓的明天。它们在为这时光的变迁、为漫长的岁月而祈祷、等待、忍让，表现了植物世界里的谅解和达观。

只有在漫漫无边的雨雾天里，在那种超常的阴暗和湿冷的气候中，它们才忍不住地流下泪滴。那无边的啜饮之声啊，那没有一丝风的大雾的昏暗啊，啜饮之声是那么揪人心肺。淅淅沥沥，滴滴答答。隐在荻棵里的鸟雀、各种生灵，都一声不吭。它们都被这哭泣所打动了。这是大地女儿发出的泣哭，她们泣哭是因为这黑暗给她们造成的不可挽救的死亡，还有她们身旁其他生命的百般折磨。它们既不能袖手旁观，又无力挽回什么。生者为不幸者、哀伤者所痛苦。

无边的荻草不停地泣哭。它们为记忆中那一个个惨烈的场面而恸哭，为在同一片土地上所发生的那一场场悲惨而号啕。就是在这儿，几千年前，还有几百年前，有过一场可怕的厮杀。血迹顺着土壤渗入地表，它们的颜色，它们的因子，在那里凝聚、沉淀，再也不会消失。可它们又无法再现和再生，于是就把自己的一腔热情、愤怒、艾怨，还有对明天的指望，如数寄托给荻草，顺着它们的茎秆、枝叶，缓缓地上升，钻出地表。这片荻草啊，带着另一种生灵的魂魄，悄悄地扩展，无论在月光下、在冬天和春天，都伸长着根脉。它们长啊长啊，当年的血流到泅到哪里，它们就长到哪里；后来它们遮去了整个河边，整片荒原。无论是烧荒的野火还是开垦的犁耙，都不能把它们剿灭。

在这灰沉沉的阴雨污浊的天气里，它们不停地泣哭。它们为记忆，为历史，为它们的前身和后世，为那一场连一场的摧折、遭遇和无以表达的暴怒而泣哭。后来浓雾终于消散了，太阳出来了，阳光的热力越来越猛烈，它们重又燃烧起来——南风吹起，火借风势呼呼啦啦，在荒原上奔涌卷动。

这是从何而来的激情啊，这是土地给予的激情，是生命，是循环往复的生命，是历史，是自然，是时间，是不灭的记忆。

土地是有记忆的，自然和时光也是有记忆的。它们总是以各种方式来恢复自己的记忆，再现那辽阔奔腾、不可阻止的滔滔之势……

晨风一吹

　　放眼望去,这平原、这一个个被朝霞染得如此鲜艳的小小村庄,眼前仿佛绽开了一片硕大无边的玫瑰、一片罂粟。罂粟中有什么就在朝霞里燃烧。烧啊烧啊烧啊烧啊……神灵将我与这一切投在同一片火焰中,可真是莫大的恩惠。我还要心存感念呢。一块儿舞蹈吧,煎熬吧——有人就说过:"让我们一起熬吧!"还有一句话是:"与狼共舞。"

　　熬的意义就在于,我们能够好好地鉴赏自己:自己的灵魂、一切。这还包括只有自己才能搞明白的某种形式美。这是完成——完成一生中只有一次的杰作。注视,盯视,冷视,遥望,观望,笑望。终于能做出一个快乐的决定了,那就行动吧,因为奢谈没用。有了这个决定,你会发现到处都是自己的同类。一棵草,一株树,一条河,它们都在接受盘剥:时光对它们盘剥,命运对它们盘剥。它们变为赤贫,那就归于它们一类吧。谁像泥土谁才博大。以前离这个想法多么遥远,多么小作和可怜。此刻,你该明白了什么才是游荡吧？

这是迟迟未获的决断啊。人这一生有一个决断可真难。只有自己明白它有多么难。

而现在我一身轻松。

信马由缰往前，背囊好像从未这样轻松。绕过一个村庄又一个村庄，只凭一种感觉就知道自己走向了何方……

太阳升得越来越高，百灵又在头顶欢唱了。这个小精灵在天空唱着，一直伴随我走到今天。它将跟随我一生吗，命运中的百灵？除了百灵，在这个挺好的温暖的早晨，我似乎还听到了四声杜鹃的声音。在脚下渠边，我看到了野花，它们是野石竹和曼陀罗。前面一百多米远的地方像燃起一片金色火焰，晨风一吹，烧啊烧啊烧啊……灼人眼目，令人一阵按捺不住的惊喜。我加快步子走去，马上闻到了一种独特的香气。

地母在疼

我在这个夜晚紧挨着茅屋宿下。一夜不知多少次被惊醒。我听到地下的隆隆炮声,是这不停地轰击使大地抖动……一想到这会儿正有人在地下挖掘,心里就发疼。

绝大部分采掘工都是从这个平原的农家子弟招募的,他们戴上矿工帽、提上矿灯走入地下,然后就开始了没白没黑的挖掘。地下巷道曲折漫长,足够他们挖上一生。那是一座地下村庄,它使他们忘记了地上的村庄,忘记了祖祖辈辈生存的热土。可怜的孩子,他们从地上出生了,如今却要像鼹鼠一样钻到地下,用两只前爪把它一点点掏空。平原才是他们的母亲,这会儿他们一割断了脐带就成了没爹没娘的孩儿,开始动手毁坏生身之母。母亲白发苍苍,牙齿脱落,脸上的皱纹数也数不清;可是她的儿子还要在母亲脸上再划上一道深痕。母亲眼花耳聋,听不到这轰轰炮声,也无力管教欺爹欺娘的儿子。

他们挖呀挖呀,先折下母亲的肋骨,再掏出她的心肺……就是这些不孝的儿孙把母亲折腾得气息奄奄；母亲的眼睛干枯浑浊，可是最后一刻还散发出慈祥的光，寻找她的每一个孩子，望向他们。她知道孩儿们无论作多少孽、跑多么远，最后还要扑到她的怀里来吮吸和乞求，在她的怀中长眠。一个遍体鳞伤的母亲仍然要宽容自己的孩子，用自己的乳汁去哺育他们，满足他们永不餍足的饥渴。这就是母亲。比起慈母，她的儿女总是令人失望。当母亲富足的时候，他们就拥过来争抢，剧烈吵闹，尖利的指甲把母亲的衣服都撕破了，把母亲的皮肤都划伤了。可是当母亲贫穷的时候，他们就远远躲开，四散奔逃，再不回来看上一眼。没有多少儿子真正怜惜母亲？

对于母亲，我不知道犯了多少难以饶恕的罪过。我只要活着，就会记住这一点。

地下的炮声响个不停，从黄昏响到黎明。人要在这儿安睡可真难啊。我不知道这一带的人是怎么安睡的，大概这需要一个很长的适应过程。地下的炮声太令人恐惧了，它似乎就在脚下炸响。我的确感到了整个大地都在抖动，那是地母在疼、在抽搐。

我想，那个设计和规划开发这个矿区的人——此人如果不是白痴就是魔头，因为谁都不难明白，用这种方法掘出了地底的一点东西，赔上的却是整个的海滩平原！在丧心病狂的轰击和挖掘下，一片平坦如砥宛若绘画一般美丽的原野变得坑坑洼洼，脏水漫流，荒芜遍地；更可怕的是地下水脉被切断，地下水逐渐消失，连最深最旺的甘泉都在干枯或变臭。只有昏头昏脑或垂死的人才会做出这样的决定。

　　我在这儿度过了一个夜晚,接着又是一个白天。当第二天黄昏来临的时候,我再也忍不住了,走出去,向西遥望。

　　太阳落下,原野一片模糊,凄凉的鸨鸟又叫起来。我回到了帐篷里。大概因为太疲乏了,这一次很快就睡着了。睡梦中仍然能够听到轰轰隆隆的地下炮声。

山　屋

　　我居住的这座都市，东西南三个方向都是<u>丛丛高山</u>，它们笼罩在雾气下的神秘诱惑我，甚至是召唤我。我每次走进大山深处时，心境都为之一变，有时甚至会为这样的情绪所惊喜，在心底自问一句：多么奇怪啊，仅仅是半天不到的时间就来到了这里，而此地完全是另一个世界啊。寂静的山谷，树的谛听和注视，还有鸟儿的问答。山石裸露，云母，石英的闪光。黄昏时刻，一种低沉的山之咏叹开始了，它感动我们，我们却找不出它的源头。这是一种无所不在的、若有若无的声音。大山的早晨也有这种咏叹，但那又是另一种色调和意味。

　　山中绝少人烟，只偶尔看到几处遗下的小小山屋。它们如今完全被丢弃了，主人是谁又为何离去，这已经是个谜了。大若仅仅是几十年前，这些山屋还被人兴致勃勃地打造，而今打造者却弃它而去，再无踪影。人的兴致真是奇怪的东西，它总是忽东忽西没有确定，变化无常。但我可以想象其中的原因：山下的城市变得越来越热闹了,山上的人于是再也待不住了。

　　小屋里的人不是和尚,他们是守山人,林场工人,或其他什么人。他们下山寻找新的日子,于是把原来的工作连同心情一块儿丢下了。我稍稍有些不解的是,难道现在的山上就不需要那些工作了?比如说大山不需守、林木不需护,连同其他一些山里的营生,在现代都可以一并省略?

　　不管怎么说,一个个挺好的小屋就这样被遗留山上,它们空空的,静静的,黑黝黝的。屋里有一种烟火气还隐约可闻,但这需要用心去嗅。我长时间在山中徘徊,寻访了许多山屋;也就在这样的时刻,我竟然私心大发。我在盘算一些事情。因为我发现这些小屋比最好的帐篷还要坚固,而且就扎在了帐篷应该扎的地方。这真是饕餮之徒眼中的美馔。我目不转睛看过了一个个山屋,心里正打谱在某一天搬进其中的一座。因为一个渐渐走近中年的男人有些惧怕了,他有时甚至觉得自己就是一只被尘嚣围追堵截的狼。逃离之心人皆有,有缘遁迹几人能?多么奢侈的思想和行为,多么繁华的简朴。

　　我和家人,又约上三两好友进山,挑选了一幢山屋认真打扫整理一番,又搬进一些吃物和用具。剩下的事情就是把手头的工作如数移来,就是享受另一种幸福。果然,这儿的山屋让我有了清新的思绪,活泼的想念,愉快的心情,更有了安定的志趣。奇怪的是深夜寂山并不使我害怕,听了猫头鹰的长号也安之若素。百鸟作歌,林兽和鸣,溪水在山侧回响。这样的时刻多么适合回忆,回忆青春年少时光,回忆无拘无束的日子。我正在开始的工作效率极高,仿佛不知疲倦,常常日夜劳作而不觉困顿,不愿停下。

偶尔有好友来访,他们总不忘捎来一些吃和用的东西。这样的白天或夜晚啊,是多么愉快的时刻,好像整个的友谊都变得簇新了。大家一块儿从拥挤中、从无边的烦琐中挣扎出来,这时大大地舒出一口。山下,凡是不好的消息都不愿提起,暂且让我们与他方隔绝。这里有树林山泉和鸟兽,有久违的一切,于是什么都不缺了。朋友当中的大多数没有长时间离城的条件,他们只好匆匆地来,恋恋不舍地去。我从他们的身影联想起自己,想这几十年的光阴,想那些消磨和耗损,想每一个人究竟会被什么拖累、拖累一生?这样直想到许久,想到头疼。

我有一个聪慧的朋友说过:人与物质的关系不是占有与被占有的关系,更不是役使和被役使的关系,而应该加以调整,调整为崭新的关系。究竟怎样调整?没有说。不过我深深理解这种渴望和想象。是的,人在物质世界中要获得一点点自由,大概离不开这种调整。人的烦恼在许多时候的确来自这种不正常的关系。可怕的、没有尽头的物质欲望把我们自己淹死了,可我们仍旧在一刻不停地往这混浊的污潭中加水,一直弄到彻底的灭顶之灾。

我在山屋中愉快而真实地生活,高效率地劳动,日常生活用品却消耗甚少。我这会儿真的感受了美国梭罗的自得,也真的认为一个人并不需要那么多。同时我也进一步明白了,简朴的生活并不等于简陋的生活,更不等于难以为继的尴尬,不是无米之炊。简朴生活是一种自由，一种浪漫，一种心安理得和一种和谐自如。

两年的时间里，我前后换了两个山屋，但几乎没有在城里长时间生活过。一切正常，收获甚丰。没有那么多电话电传和呼叫的催逼，没有因为争夺生存空间而招致的可怕倾轧，没有呛鼻的煤烟和汽车尾气，没有一天二十四小时的马达轰鸣。

这里没有了时髦信息网络消息快报慢报，没有了铺天盖地的报纸杂志，更没有花男绿女和荧屏把戏。我宁可做一个背时的无知之人，一个当代懵懂。可是我并没有因此而真正缺失什么，没有耽搁任何要紧的事情。相反，我提高了工作效率，把握了劳动时间，还赢得了双倍的安宁和健康。

老农舍

在大城市生活的痛苦积累到一定程度，其中的幸福也会忽略不计。我们人类文明的最大失算，就包括无节制地制造大城市。而且我们已经无法摆脱自己动手画出的这种魔圈。城市的膨胀无休无止，其实也是痛苦的积累和叠加。我的朋友到了一个更大的城市去工作，一年之后我问他环境上最大的变化是什么、感触是什么？他告诉我最大的变化是上班路上耗掉的时间太多：他需要两个半小时；爱人三个半小时；孩子两个小时。也就是说，以双程计，他们一家在路上白白消耗的时间就有十六小时。人生中每一天至少减去十六小时，这有多么可怕。在这十六个小时面前，所有的幸福大概都要所剩无几和大打折扣了。在这种消耗之下，一个人如果不是因为迫不得已的原因，那么即便每天吃到人参炖鸭、处处如花似玉，也必得速速逃匿才好。

逃向哪里？逃向疏朗开阔之地，走向山清水秀之所。话是这样说，真要做到其实是极难的。人生负有难言的、各种各样的责任,而有些责任也必得在闹市里才能完成。问题是闹市里自有化繁为简之方,远离时髦之法。闹市里也并非全是跟从和追逐,不全是非要勒紧腰带显阔的尴尬。闹市自有闹市的安然度日之方。但假使机会来了,也仍然需要抓住不放才行。

就是因为这样的思绪盘在心头,所以有一天,当去一个半岛小城居住的机会一来,我立刻就整装而行了。

小城之美在于开敞和安静。可是我知道小城在商业时代也没有太久的安静可以享受了。凡是小城,她的模仿能力绝不可低估,所以用不了多久这里也会是染成的彩发满街,汽车把巷子死死堵上。还有,就是寂静之地必有蛮人,他们管理城市的办法就是粗野开发,用不了多长时间就会把一座好端端的城市弄个喧声遍地,人仰马翻。这一切几乎没有个例外。一个曾经饱受其害的外地人眼睁睁看着一座可爱的小城怎样一天天毁掉,痛心疾首却毫无办法。

我当然正在走向这样的经历。可是我又将逃向何方?在小城徘徊的日子恰是我最悲伤的日子:忧己更是忧人,忧大地上所有的创造之物。难道我们的大小城市都难以逃脱那个可悲的命运?每想到这里我就有点心寒。我不像一些开明进步人士一样达观,因为他们一张口就是那句废话:我是乐观的!我对未来是充满信心的!是的,这样说不痛不痒,既使人愉快,又不必负任何责任。一个人的乖巧,从来都是从说吉祥话儿开始的。好好说有赏。

然而我后来即便在小城,也还是找了个郊外的农舍住下了。这是一个朋友留下来的,他空下来让我住。老式房子自有妙处,尽管看上去其貌不扬。土坯做的墙,大土炕,老门老窗,冬暖夏凉。这里春夏的风雨格外真实,因为没有过分高大的楼房阻挡,听声势就能想起童年的原野,想到那时的大自然怎样发威。冬天的雪在房子四周平展而遥远地铺开,连着农田,连着一行行的杨树。为了对付寒冬,小屋里生了小小的炉火,听着噜噜之声,竟然御寒有效。我在窗上贴了剪纸,坐在热乎乎的大炕上,清福自来。

这种感受是久违了。是的,只能又一次说如同梦境。

那些小城郊外的夜晚啊,同样是朋友,同样是一起吃吃饭喝喝茶,同样是论文谈艺风雅一番,也同样是偶尔迎来一些远客,可就因为是盘腿坐在大炕上,幸福竟然增加了数倍。这些场景至今难忘,历历在目。那些日子,那样的生活,多么平凡朴素,可它真是让人留恋,让人觉得这才是真正的人的生活。

三线老屋

　　现在的年轻人已经没有多少知道什么是"三线"了。我也难以准确地解释，只知道这是三十年前那段特殊时期的产物，是修在山地或偏远地区的一些重要工程，它们可能会应付一些不时之需，也许关系到未来的国计民生。几十年过去，时局形势以及思想都松弛下来，这些工程也就没有了用场，再加上管理和维护费用巨大，所以如今大部放弃不用，呈现半废状态。

　　然而那是多少人的血汗，并且是智慧的结晶，力量和意志的结晶。有些工程极其完美，至今让人叹为观止。还由于当年的选址都是荒远僻静之地，所以今天看往往免不了山清水秀。我在城东的山隙里就找到了这样一处不小规模的建筑，它在一个山谷中开垦整理出一处大大的院落，盖了一大排宽敞结实的房子，院子里还有三个大水池，其中的一个与标准的游泳池那么大。如今这一切都被一扇大铁门给锁在里面，当然是荒废不用，所以空地上已是丛林茂密，一片蓊郁，合抱粗的梧桐和苦楝树、槐树、榆树不少于二十株。更壮观的是四周山坡上的大树，它们呈合围之势挤向这个山谷中的院落，看去就像齐心守护一个山里的珍奇一样。这里一片沉寂，只有几条铺得极为讲究的甬道在诉说当年的繁华。我一直搞不明白的是那几个奢侈的大水池，它们是真的泳池还是养鱼池、防火水池？都不像。

这是我在山里游荡时的发现。从此我不再忘记，并且时不时地就要转到那儿，从山坡，从大门，从不同的角度去看它。无论是择址还是建筑，它都是一个了不起的山中杰作。有一条弯曲的道路通向山外，现在大部都被葛藤覆盖，就像一场绿雪封了山路一样。这里可能已被遗忘，尽管它无论从哪个角度看都称得上是一笔了不起的财富。我当时就在心里想象，一个人如果得以在此安居，哪怕仅仅是短期的借住或一段时间的滞留，那都将是怎样的一份福气。当然，这又是一个现代人的梦想，它切近而又遥远，只是不近情理。

可是我开始把它挂在心上，常常为它的美丽惊叹，为它的闲置抱屈。是的，它这会儿只好在山中冷寂，因为它与灯红酒绿的现代城市显得太隔膜了。然而它毕竟近在咫尺，它真正安静的时间也许不会留下太多了，因为说不定什么时候有人就会把它记起，适时派上一个时髦的用场。我后来了解到它属于"三线"时期的一处工程，早在十几年前就放弃了，当年是一处特殊的电力设施，至今还归属电业系统。我多想躲到这个闲置的地方，如果如愿，将获得一段多么好的工作时间和工作环境。从此我的心里就有了一个放不下的念头。

　　我于是想努力争取一下。结果当然是颇费周折。令我大喜过望的是,半年之后真的成功入住了。

　　一番折腾开始了,劳累然而超出了一般的快乐。我与几位朋友动手整过了年久失修的屋顶,挖出了大小水池中的淤泥和腐殖,又把院内的甬道清理出来,再从荒地上开出两块菜园。从入住大院的第一天开始,我们就没有间断地迎接起林中的野物,它们是拖着长尾的大鸟,窜来窜去的野兔,还有站在一角注视的草獾。野鸽子的声音就在头顶的大榆树上响起,它们与远处山隙传来的啼鸣呼叫应答。

　　一切都收拾停当,有了被褥和炊具之类,有了越冬的火炉,有了书籍和笔墨纸张。这里旷敞得可以住得下一个连队,于是几乎每个星期天都有一些朋友来到这里,他们总是携来一些吃物。大家都说,如果能在这儿安安稳稳住上一年,那真是值得庆幸的事了。是的,对于一个来自闹市的人来说,这里真是过于奢侈了。

　　可当时怎么也想不到的是,我竟然能够在此一住两年多。于是即便在很久以后,我都为曾经拥有这样的一段幸运时光而心怀感激,并一直记住了这种赐予。

　　山中的夜晚对我来说是不陌生的。然而这里空旷清寂得出奇,半夜时分总会有一声凄然长啼,让人分不清这是何方何兆。勤劳的野物整夜都在院里忙碌,它们掘土,寻索,从东到西,又从西到东地翻开一溜溜湿土。有时我睡不着,就在凌晨起来工作,遥对窗外的星星，陪伴屋外那些不眠的生灵。

菜地的南瓜和芹菜萝卜都长势喜人，水池里的鱼也肥胖欢腾。鸡群待在院角的一片沙地上，它们总是在阳光下做着惬意的沙浴，并时不时把蛋下在粗沙粒上。我和朋友们点种的花脸豇豆大获丰收，芝麻和芋头也繁茂可期。春夏的布谷鸟一整夜深情长啼，勾起人的阵阵怀想再也不能止息。下半夜两三点钟动手煮一碗方便面即是美餐，它突然冒出的香味往往会让窗外的一些生灵屏息静气许久。

这就是难忘的两年，大山的恩惠默不作声。不止一次有人询问：这么久你到底去了哪里？出国了？我幸福无言。是的，凡是巨大的幸福，它的结果往往会带来长时间的沉默。

黑松林

有人总愿把这片林子说成是什么防风林,还有人说成是国防林;而通海的宽一点的路也被叫成了国防路。这提醒我们是来到了大陆边缘。

黑松沿着海岸生长,密匝匝黑乌乌,没有尽头。也许从空中往下看,它是一条长长的带子;可是当我们走进了它的内部,却感不到纵向和横向的区别,总是一片浑浑苍苍:浓绿、苍黑、幽暗。动物咕嘎大叫,里面有兔子,鹰,各种鸟儿。鸟窝就搁在头顶的枝杈上。这里几乎看不到人。当然最多的是松树。

在松林的某个局部,冒出一片槐树或杨树柳树——像是一个完整的民族板块中得以繁衍和生存开拓的少数民族。但这儿几乎所有的北方植物都能找到:灌木、小草,甚至是一部分浆果和百合科植物。洁白的沙子上散落着一颗颗野兔粪便,说明它们人丁兴旺。有一些植物的茎秆被兔子们啃去了皮。一个刺猬死掉了;一个兔子显然是遭了鹰鸷。

这里最多的是一种钢蓝色的鹰。它们远远看去很像温顺的鸽子，体积也大不了多少，只是飞起来，一展两翅就显出它的野性和勇捷。这里很少能看到苍鹰，但那种钢蓝色的鹰是否就是袭击野兔的鹰，还不能让人肯定。

我自己，或约上一两个朋友，每星期至少要到这片松林里来一次。

小时候，我在松林南部的一所小学上学时，常被老师带领来海边参加林场劳动。那时就在沙滩灌木的空隙里插种小小的松苗。浇水、掘坑，许久之后再回来补种那些没有成活的松苗。这样一直到毕业上中学。

当时记得灌木丛中就有一棵棵茂盛多枝的长成的松树，推算起来，现在它们应该是很大了。可这会儿就是找不到它们。

我和朋友讨论了一下，他说当年我们栽的那片松林或许在更西边一点，离这儿还要有十几公里。

记得当年主要不是松树，整个荒滩上更多的是杨树和槐树。它们有时密得不能下脚，要穿过就得耐心地寻一条小径。这儿纵横交织的小路都是由打鱼人踩出来的。那真是细如羊肠。

冬天，厚厚的大雪覆盖，你要寻找这样的小路，摸到通向大海的渠岸，真得小心翼翼，试探着往前走。那些寒冷的、一生都不会忘记的、呼出一团团白气的早晨和傍晚，我常常在此地流连——只有我一个人，现在也想不起是来寻找什么，在这片荒原上徘徊。我一次次纵向穿过整个海滩，走到白雪皑皑的高耸沙岸上，望着没有一只帆船、没有一点人影的海面,看着海浪在沙岸上的拍击、伸缩不停的水……

南风吹起,林子发出了呜呜的声音,这就是松涛。仰头看微微摇晃的松枝上刚结出不久的松塔,心里涌起一股爱怜。往前走,红色的尖顶别墅出现了,会享受的当代人并没有放过这片松林。一路上不断发现被砍伐的松树——那一刻的巨大疼痛使它渗出了泪滴。这黏稠的泪滴就是所谓的松脂——或者也可以理解为精髓和血液……还有随处可见的一个个偷沙者掏出的沙洞——这些沙洞坍塌的时候,四周的松树都要遭殃。这显然是那些建别墅者留下的痕迹。

我们还遇到一只死于难产的母兔。当时她伏在那儿,刚死去不久,笨重的身子还是一副正在用力的姿势,胸部是变大的准备哺育的乳头。我们双手托着她,找一个沙坑掩埋了。

我们的鞋子上落满一层黄绿色的花粉,鼻孔里全是各种野花的香甜气味。

我觉得这是整个海滩平原上最让人留恋的地方,它代表了我的过去,甚至是未来。比起这儿,一切都显得微不足道了。得失荣辱,一切都不那么重要了。在这儿回想过去,设想自己的老年,在这儿劳动和追忆。这简直是了不起的奢望。想得太多了并不好。我为这儿付出了什么?将要付出什么?一切也都要好好去想。

由于没收了枪支,打猎的人没有了,所以各种动物,特别是野兔,能在这儿纵横驰骋,扑棱棱飞动;但由于没有收起一些人的铁锹、锯子和斧子,松林于是还在死亡和伤疼。

　　我总是把它看成自己的松林。追溯到许久以前,从老人的口中我们得知,原来的这片荒原上林子比现在高大茂密一百倍。那才是无边的森林,很可能是原始林。经历了几场战争:民族战争、国内战争,一次又一次的政权更迭……各种各样的政权尽管差异很大,可都没有保住浓密的林子。结果它们还是没有了。许多神秘的故事,伟大的人物,不可思议的向往,都随着这片林子一起消失了——甚至没有多少人去记载这一切——它的历史。

　　最美好的事物,就这样湮没了。

森林之冬

西北风把雪粉糊在槐树和杨树黢黑的枝干上。最严酷的季节来到了。脚下是雪，四周都是雪，天空已经许久没有露出阳光。

在这样的季节，树木的身躯被强劲的西北风所压迫，向东南方倒去。可它们总是尽可能挺起身躯。寒冷，北风，使它们裹紧了黑色衣衫，默默挺住，不吭一声。各种攀缘植物——那些往日里亲昵它们，向它们纠缠索取，不断讲叙甜言蜜语的藤蔓，这时都像纸屑一样碎裂了，脱落了。它们坍在脚下，又被大雪盖住。

在风中剧烈摇摆如同芜发的茅草也没有了。森林变得如此干净、光洁，只剩下了乔木。为了抵挡这个可怕的季节，它们叶片脱尽，激情敛起，一切都收入内心。

这就是严冬：沉默的季节，收敛的季节，默默挨和挺的季节。

小动物回到洞穴，草獾和刺猬再无踪影。它们顽皮可爱的鼻头上，永远留着的是秋天里那最后一滴露珠。它们洞察一切的眼睛，只稍稍一瞥，就察觉了季节的危险。它们走开了。

只有猎人穿着坚固的皮靴，顶着厚厚的棉帽，还在树林缝隙里四下寻索，提枪在手。他的后边，是颠颠跑的猎犬。他们想找一两只草兔和不识时务的飞禽。他们留下了紊乱的脚印。森林里一直没有听到他们的枪声。这是一个庆幸。

　　在这安静的，连扑扑落雪都听得见的时刻里，最好谁也别来打扰。

　　这就是那个冬天，我在林子里跋涉……

　　快一整天了，没有吃的东西，没有见到任何人影。背囊里只有干结的一块锅饼，还有最后的一口水。身上热汗涔涔，可是不能停下。稍一驻足，北风就会把汗水变成冰凌。大约有两次，我确信自己是迷失了方向。灰蒙蒙的天空看不见太阳，辨不清方位。好几次想努力听到一声嗥叫，哪怕是一声狗吠也好，那样我就可以判断哪里有村庄，有人迹。没有，什么都没有。偶尔传来一两声寒鸦的呼叫，它们只能增加我的焦虑。

　　我不知这片林子有多深多远，只知穿过它才能看到清晰的路径。我简直像一叶扁舟落在茫海，看不到自己的岛，没有出路，没有希望。而且非常可怕的是，我不能停止，而只有向前。我判断的余地是那么小，选择的余地也是那么小。

　　这儿只有数不完的树木兄弟，它们像我一样，在无奈中忍受。它们企盼的是春天，而我企盼的是走出森林之冬。

　　我稍稍有些后悔的是，为什么要那么焦躁地离开滚烫的火炕，噜噜叫的炉火，还有炕角上蜷着的那个黧花大猫？在我即将离开它远行的时刻，它还浑然不觉地伸出温暖的胖爪，在我脸颊那儿推动着。它伸着懒腰，打着瞌睡，闭着一只眼睁着一只眼，瞥我一下又睡去。它不知道我即要开始的远行。最后一刻我抱起它，亲了亲，在它迷惑的神色中提起背囊。

就这样，我开始了自己的远途，进入了这片冬林。

身后是一串脚印，白雪的完美被我踏破。这个时刻回返已经来不及了，因为走不上一两个时辰天就会彻底暗下来，那时我差不多会冻死在这片林子里。我看不到自己的脚印，缓缓落下的雪粉很快会把来路遮盖。

显而易见的是，我只有往前。

这时我不得不盘算怎样节省背囊里那块像铁一样坚硬的锅饼了。出发的时候我几乎没有更多的准备，好像只是匆匆上路；我对旅途的危险完全没有预计。因为我不止一次走过远路。我并没有把这一场跋涉想象得多么可怕。这当然是我错了。我幻想着在太阳落山、在接下去的漆黑一片中，能够从树隙里看到前面有一个温暖的灯光。那个时刻该是多么好啊。

太阳越来越低，天色越来越暗。我想这可能只是午后四五点钟的样子，厚厚的雪雾使黑夜提前到来了。多么艰难的未来的一截路啊，我只能像这冬天的树木一样，冷静、严肃、忍耐；我将走下去，义无反顾。

我把背囊往上耸了耸，在一棵粗大的树上倚了一会儿。

失冬雪

记忆中那个犄角，那个平原，特别是近海平原上那漫天铺地的大雪，是非常令人害怕的。有时简直不敢回想。可是后来，越是接近现在，越是怀念那样的大雪。

好像那时候更像冬天，那才是真正的冬天。大风，大雪，雪的山岗，雪的茫野，雪的故事。这是欢乐的故事，也是悲惨的故事，不敢回想的故事。我很难划一条界线，指出从哪一年开始，我们失去了那样的大雪。不过真的会有一条界线，跨过这条界线，就进入了无雪或少雪的冬天——直到现在。

而界限的另一边，仍然是漫天大雪……雪把一切混淆了，弄成一个颜色，铺展到天边，而且融化得很慢。整整一个冬天都是雪的世界，洁白的世界。春天来得很慢，但春天真正有一场大融化，大复苏，有一场冷热大置换。在暖流扫荡了一片寒冷堆积之后，烂漫的鲜花开放了——那该是怎样振奋人心的一件事情。

就在那条界限之后，一切都截然不同了。整个犄角上漫成一片无边无际、像海洋一样的鲜花没有了,它们变得寥寥无几。雪花和鲜花之间好像有着某种默契,做着历史的配合似的。失去一起失去,稀薄一起稀薄,丰盛一起丰盛。在失冬雪的同时,我们也可以说失去了鲜花,失去了一个盛大的春天。现在的春天温温吞吞,不急不躁,不浓烈也不激昂,平平淡淡地开始了。是的,没有冬天的峻厉和残酷,就没有春天的浪漫和温暖。总之让人铭心刻骨的东西,正在渐渐丧失。

这或许是一个时光运转造化的神奇隐秘的规律。可叹人生短暂,我们无力做出这种大观照,只得在记忆上寻找一点对比,发出一点慨叹而已。星转斗移,光年计算,古代蛮荒与现代文明,石斧石镰与计算机软件——这当中经历了多少,转化了多少。这一切绝非个体的生命所能够把握。

在这儿我只是回忆小时候的新鲜记忆,新鲜视野;是那个时候所摸到、感到、看到的一切,是这其中的一件,比如说再平凡不过的雪。

记得傍晚只要看到天气不好,家里人就赶紧把一张锹收到了屋子里。为什么?就因为一夜的大风雪会把屋子埋去半截,门窗堵塞,人出不了门。这时候如果没有一把锹,该是多么危险和费事。我记忆中常常就是雪满院落,窗户堵塞大半,怎么也打不开门。那时候就得费力抽开门闩,从门缝里伸出铁锹,一点一点铲,一点一点活动,渐渐门扇开了半个;再铲,直到铲出一条通洞,一条雪的隧道。这样钻出门去,呵一口气,又冷又热。

愉快是孩子们的愉快，蹦跳呼喊，在白雪地道里游走。慢慢，许久了，如果我们不是自己把这条隧道捣破，那么太阳就会在上面留一层融雪，夜间再变成一层冰的硬壳——雪的隧道要过很久之后才会被太阳搞上一个溶洞，开一个天窗。

在海边，除了密密的丛林，再就是风和水的通道，大雪的通道。雪随着飓风奔涌，它们攀上沙岭，或干脆形成另一座高岭。而雪岭白天被太阳融化，夜晚又被寒气封住，这样交替的结果就是形成一座硬壳雪山，让我们在上面攀登、打滑，从这一个上坡出溜到那一个下坡。就这样滑动，呵气抵御寒冷，最终耳朵、手背和脚全部冻坏。我们就在这种多趣和折磨中挨过了冬天的童年。

冬天的乡村和原野，大小城镇的交通中断是再正常不过的事情。仿佛在当年交通没有变得像现在这么急迫和必要，现在如果有两三天交通完全中断，会造成多大的损失，成为了不起的大事。而当年几乎没有听说过这方面的焦虑。封路了，人们就抄着手偎在家里烤火，读一点儿书，讲一点故事，到近一点的地方勉强走动走动。最后实在忍不住了，才有一些人呼喊几声，领人带着铁锹或其他家巴什走出屋子。疏通道路蛮有趣，那时像切大豆腐一样，一块一块把厚厚的雪切开，再一方一方运到田里。一条窄窄的路就这样开通了。刚刚通了路人们就急于行走，快速地行走，不停地走，到深夜再顺着这样的路回家。

大雪常常把路边的井、田野里的窟窿如数封住，于是就常常发生一些跌进雪窟窿里的悲惨事故。那时候走路都要带一根长长的木杆探试,探到沟渠、窟窿、水井等虚位,就赶紧躲开。那时候的飞鸟和动物真是遭殃啊,它们很痛苦,要忍受寒冷和饥饿。这时候麻雀跑到院子里,我们就赶紧扬出高粱和玉米、饭菜渣屑,给予施舍。

因为很久没有看到那样的大雪,于是不再抱有希望。如今的情况是,常常整个冬天只落上薄薄一层,落上一两次三四次就已经蛮不错了。没有大雪的擦洗,天空,即便是原野海滨的天空,也要变得脏乱不堪。要知道今天的犄角平原已完全不是昨天,滚滚浓烟需要更多上帝的抹布。而大雪就是最好的抹布。没有了,上帝收走了。上帝也很吝啬。

记得有一年我在外地,犄角上来了一个客人,他一见我就马上瞪大眼睛,像报告一个重大事件,说:快回去看看吧,多少年没有的大雪了,完全像过去一样了! 他伸手比画了一下。记得他是在腰部那儿比了一下。我也给震惊了,这么说一场深到腰部的大雪又开始降临那个平原了。

正好有事情,我就随他一起回到了故地。越往前走越是失望。齐腰深的大雪在哪儿? 的确有一场不算太小的雪,但顶多也只小半尺。由于没有风,大雪很均匀地铺在地上。见不到过去那种高高耸起的雪岗,倒是平坦、安静地盖了一层。还好,几天过去之后,这雪并没有减去多少。要知道,雪原的融化在冬季非常困难,只有到了春天才会加速消失。

一直往前,从犄角的东南部往东北走,然后到达从小生活过的那个海滨。

那里的雪也没有大上多少,仍然是不足半尺。我笑了,后来我谅解了。完全是出于对过去的记忆和某种企求和盼望,朋友做了夸张。这不过是一场中雪或大雪,很平常——在过去很平常。

尽管这样,我仍然在为这场雪庆幸,因为值得。要知道我们在失去冬雪的同时,也失去了夏雨和春雨。一般而言,我们这儿越来越干燥。失冬雪意味着什么?意味着失去丰饶,失去清洁,失去季节,失去一些带根本性的宝贵东西。

所以我很害怕。我常常害怕地想到这种失去。

第六辑

月　主

不知太阳神住在哪里。月亮神呢？查查典籍就可以知道，原来她住在莱山。莱山在哪里？原来就在这个犄角的南部山区。秦汉时期，莱山曾是天下驰名的几大名山之一，而如今却湮没在众多的名胜里了。比起其他名山，它不够高大，似乎也有些偏僻。天下是否有比它更早的、被月亮神选作居地的山峰，不得而知。

当时的千古一帝秦始皇在两次东巡（也有人认为是三次）当中，曾亲自登上莱山，拜了月主。当时的月主祠的基础，至今还留在莱山上。秦始皇东巡的壮举留于正史，所以没有一个历史学家提出过怀疑。

其他的都是传说。

比如说那个欺骗了秦始皇、率领三千童男童女和五谷百工、东渡瀛洲的徐芾，就是在这儿拜见了秦始皇，领受了采长生不老药的命令，得计而去。还有，离莱山不远的那条黄水河，一直流向渤海湾，在海湾那儿形成了一个有名的古代军港；而那个港湾如今已是淹没了大半，成了沼泽——当年就在那里，徐芾造船，集合船队，弄足了粮草和各种各样的重要人物、精巧器玩，然后扬帆起航。这一伟大事功的准备时间可能不会少于三四年。

今天看，这座莱山似乎已经不堪重负。加在它身上的那些重大的历史人文似乎太多。月主祠果然列入了重新修复的计划，这座草木葱茏的秀丽小山很快就要响起一片建筑的嘈杂了。

在整个南部山区，莱山是植被最好的一座山。山上有采不尽的各种药材和奇花异草，有人在这里甚至发现了成片的百合，发现了大得惊人的杜鹃树。莱山的秀丽，它的规模和姿容，的确让人感到了阴柔之美。它真的应该属于月亮神。在许多时间里，它在太阳光的强烈照射下，显得欣欣向荣。可是在黄昏，在清晨，在绿色笼罩的浓荫下，仍然能够感受到那种阴凉和幽暗的温柔，感受到这座山所特有的那种温煦可亲的气息。

攀登莱山有许多道路。除了其中的一条可以勉强开进汽车外，其他都是踏出的小径。登上这座山的主峰并不累，但一路上却可以饱览秀色。即便是冬月，仍然有绿色的松树。干枯的草藤附在岩石或山土上，显得那么朴素和安静。何首乌、地黄，还有蒲公英，拳参和枸杞，它们在这个季节里叶子枯黄，紧伏泥土，等待又一次苏醒和生长。

登上山巅北望，可以看到渤海湾。如果是一个晴朗的天气，还可以看到海湾里三三两两的岛屿和渔船——同时想到月亮为什么会选择这座山作为自己的栖身之地。这儿离月亮神的出生地实在是太近了，我们都知道"海上生明月"。不难设想，月亮神一定要寻找一个离大海很近的山，作为她陆上的居所。莱山的月主祠，实际上就是月亮神的别墅、驿站，或是行宫。依此推理，她当还有另一些类似的地方。但起码在古代，在很长一个时期里，莱山是最有名、最重要的一座月亮神驻地。

秦始皇当年登过泰山，拜过泰山神，进一步东巡。到达烟波浩渺的东海，其中最重要的事情之一就是登临莱山。拜过月主之后才去更东部，即荣成的"成山头"（所谓的"天尽头"）。从"天尽头"往南，沿海略作徘徊，又往蓬莱、黄县一带海岸游走——即"过黄睡"。就在这里，他射杀了大鲛，留下了传说当中最具神采的一笔。

实际上，亲手射杀大鲛的更有可能是他的随从，比如说那些渔夫和武将，而并非帝王自己。但任何事情不附加到帝王身上，就难以流传。征服和剥夺的力量才让人津津乐道——历史上似乎从来如此。

而这一切都是在温柔的月亮神的注视下发生的。

尽管太阳是万物生长的依赖，是热力的来源，甚至是月亮光泽的来源，但月亮神比起太阳神，却让人更为向往、依恋和亲近。

这儿常常能够看到那些衣衫褴褛的农民攀登莱山——在一些固定的日子和节令，他们来这里许愿、叩拜，把信赖交付月主。

莱山月主祠

　　天一亮就开始登山。直接从北坡登上了莱山主峰。这座山峰相对高度很高，因而显得非常挺拔，实际上它的海拔还不足一千米，东西绵亘二十华里。莱山峰巅上树木葱茏，山阴树木尤其茂密，最多的是松树，油松和赤松。我在离这里不远的鼋山那儿还曾看到很多黑松，它们大部分长在沙土地、河滩和海滩上。这里的赤松树皮发红，球果刚刚形成。松树下面是灌木，植被很好，几乎没有露出山石和土壤。这些树木不像是人工栽培的，因为树种很杂，有加拿大杨和钻天杨，还有不多的河柳。我甚至发现了一株野核桃，这棵落叶乔木的果实还没有成熟。

　　有一株树木的样子很怪，它很秀丽，因而在众多的灌木和小乔木当中显得十分出眼。原来是一棵坚桦，一种小桦木，只有两三米高，长在山的半坡。这是很少见的一种树，大概在北方树种中它的木质算是最硬的之一了，听人说过去的车轴都是用它做的——在古代，几千年前秦始皇东巡的时候，他们修造车辆一定会取材坚桦。我在树下看了一会儿,又掏出本子做了标记。旁边还有川榛,也属于桦木科。川榛上结的坚果可以吃,也可以榨油。与它差不多的就是鹅耳枥,也属于桦木科——一种可爱的小乔木,种子同样可以榨油。距它不远的是几种不同的柞木,有蒙栎和柞栎。这些橡树的种子都富含淀粉。五十年前异族人入侵时,山里人没有东西吃,就从这里采了大量橡籽磨成橡子粉,做窝窝。

莱山也叫"芝莱山",又叫"莱阴山"。它在当年与西岳华山和东岳泰山齐名,并列为海内"三大名山"。可是到过泰山的人就会知道,莱山比起它简直微不足道。可这会儿站在山巅看去,会有一种特殊的感觉。它的确在群峰之中显得最为挺拔、英俊、秀丽。众多丘陵葱郁一片,莽莽苍苍,在早晨的雾霭里时隐时现。朝阳升起来,脚下的峰廓变得光芒四射。从这里望去,各种各样的山堑、悬崖、沟壑都呈现眼底;那些弯曲闪亮的是溪流:在这个干旱季节,溪流仍旧流向北方,汇集起来就形成了河的源头。我辨认着那些河流:界河、滦河和降水河——对,在山岭面前拐成一个直角的就是芦青河了……

也许当年《史记》上记载的那个为秦王采药的徐福,真的就从这里乘船,往北,先到了一个村子——那村子就叫"登赢";然后再往前,在滦河营港口汇集了几百艘大船,从那里驶向"三神山"……

想象的情景让人神往。

当时的童男童女就在那条河里沐浴,施行沐浴礼,再到"登赢"去集合。这是一种仪式……

我开始寻找月主祠的原址。这个祠建得很怪,不是建在山的主峰,而在一侧那个矮小的山头上。究竟为什么建在这里还需要研究。可能是"月属阴"吧,它就建在了山阴。

找到破乱不堪的一处庙址。从基底可以看出,这个祠并不大。如今到处都是荒草残石,不过一眼就可以看出古建筑的周界。

记载中秦始皇东巡时就在这里祭祀了月主。后来的汉武帝、汉宣帝,还有唐太宗,都来这儿祭祀过月主,登过这座山。唐太宗东征凯旋,在这里重修了月主祠,而且还铸了两米多高的铜像,有一吨多重……

徐福很可能是在秦始皇第一次东巡的时候见过他。那一次秦始皇南行琅琊,在琅琊台那儿招见过一些方士,徐福应该是其中之一。秦始皇第二次东巡,从琅琊赶到莱山,再次召见了徐福。那已经是徐福第一次或第二次出海归来了。秦始皇为徐福迟迟没有采回长生不老药恼怒了,徐福这次见他可能要冒杀头的危险。就在莱山脚下,秦始皇与之有过长谈。还好,徐福保住了性命。接着他们又一起乘船顺滦河北游,入海射大鲛……之后去芝罘,登成山头。秦始皇就在那里写下了"天尽头"三个大字……

如上简单的梳理不完全是想象,而是依据典籍和诸多研究资料的求证。有趣的是:国内徐福研究机构共有二十一个,日本徐福研究机构同样是二十一个。

月亮从山凹升起

我还是舍不得在半路停下。我想抓紧时间,最好在天黑之前翻过那道山岭。

很早以前我就明白,旅途上最好把那些山岭河流,或是其他突出标志作为某个界限。我总在心里默念:快点走吧,天黑以前到达那片树林;在中午以前翻过那个山凹、涉过那条河,等等。可是我有时却对更远一些的目标迷茫起来,比如这样急急匆匆究竟要赶到哪里去? 翻过那座山之后呢?

许多时候真的没有更具体的目标。

从河岸的露头可以看出,这条大山主要由凝灰岩和玄武岩构成,它的倒影在潺潺水流中显得很美。我发现这是一个很不错的居留地:蓝天白云,山脉河谷,而我却要蜗居在一座乱哄哄的城市里,想一想真是太亏了。这样的地方经常可以遇到,它总是触发心底的不安。我好像总有一个模糊而遥远的诱惑、一个难以兑现的约定:走吧,到远处去吧——此行何为? 哪儿才是最终的停泊地?

一切却没有明确的答案。可又必须走。我发现一个人只有在路上，只有在路上，才不会睁着一双空洞洞的、傻乎乎的眼睛。

这是一个温煦的秋天。大地一片葱绿，水汽丝丝缕缕腾起，山峦浮动，到处像春天般喜气洋洋。一个人走入了真正的原野，会悄悄掩住心中的礼赞，缄口不语。这是什么地方啊？这是辽阔的东部，东部的山野，它通向故地，它包容一切，生长一切……

一条铁路差不多横穿半岛，沿着著名的鼋山山脉南麓蜿蜒向东；而我总是在它的中途下车，由此一直向北——跨越一百多华里的山地和丘陵踏上平原，徒步走进一片热土。如果下了火车直接转乘汽车，那么不久就可以踏上平原。像过去一样，火车大口喘息着停在东部终点，我开始依仗双腿穿越丘陵地区，一步步踏着坚实的泥土，走向那片灼热的平原。我仍然背着那个被风雨洗白了的背囊，远看像一只蜗牛那样在山道上蠕动。背囊里有我用了多年的大搪瓷缸、一个小钢锅，一些杂七杂八的东西，特别是一个轻巧的简易帐篷。当然，这一切都是在旅途上的宝贝。背囊看上去破破烂烂，如果扔在路边，除了聪明的流浪汉再没人会理睬它。可我知道它是一个多么重要的宝贝，相信它可不是一般人所能拥有的东西。它的两个背带坚韧结实，经得起小山一样的沉重。这些年来它随我走了多么远的路、装下了多少喜乐悲欢……

穿越山地，一直走向了丘陵的北部。看来这一天必得在山里过夜了。本来我完全可以找一个小村投宿，可是当我穿过一条干涸的河谷，看见小村上空飘起的炊烟时，就稳稳地坐在了一块大石头上。让我远远地注视着它吧，让我一个人找个地方过夜吧。恰好天气不冷，在这样的夜晚，露天宿营是再好不过的事了。背囊里有一切过夜的东西，我再也不会像过去那样忍饥受饿了。我想享受一下午夜里的寒露，倾听在深夜里传出的各种野物的声息。这样想着，寻到了一片干净的沙土——不远处闪动着一湾清水，这正是再好不过的宿营地。我揪一些干茅草铺在沙子上，又把一些树叶堆在上面，架起简易帐篷。在离开小草铺几米远的地方，我把小锅支起来。淘了米，然后再揪一点野菜放进去。火舐着小锅，白白的蒸汽冒了出来。弯弯的月儿从山凹升起，眼前的一切简直像梦境一样。人哪，怎么能舍弃奔波和行走？怎么能舍弃寻找和奇遇？像你这样一个野人，舍弃了这些怎么还能活得好？

月　光

　　最不能忘的是月光。只要是海边的人就忘不了它，别的地方咱不敢说。因为海边地场开阔，一望无际，什么也掩不住挡不住，它可以随意铺开，照得浑天浑地一片黄灿灿亮堂堂。大月亮天里，谁还会待在家里。

　　一年四季都有好月光，什么月光派什么用场。比如冬天滴水成冰，大月亮天里我们会去南边村子里打架，在巷子里跑得浑身冒汗。那样的夜晚真棒，孩子们会组成不同的队伍，各有领头的，一个命令发出，战斗人员纷纷埋伏，有的钻进马车底下，有的趴在矮墙头上，有的钻进草垛里，还有的贴紧了牲口伏紧。对方做梦也想不到这边的兵力会这样部署，不等着挨揍才怪。

　　大雪一连半月不化，雪球就成为最好的武器。敌人一旦出现，雪球箭一样射去。大股敌人逃得没了影，只逮住几个散兵游勇，教训他们的办法就是把雪球硬塞进衣领。他们像烫着了一样，单腿蹦着跑开，一边跑一边骂人。

夏天的月亮天要去海边找看渔铺的老人,这些老人在月亮刚出来的时候就开始喝酒,撂下酒瓶就胡说。月亮地里听一些鬼怪故事最吓人,实在吓得受不了就钻到海里。我们在等海妖,她们常常趁着月光出海。

海边上所有的老人都是我们的朋友。他们讲故事给我们听,我们就偷西瓜给他们吃。他们越吃越馋,怂恿我们去园艺场偷樱桃和杏子、去田里偷青玉米和花生红薯。东西偷来了,老人和我们分吃果实,然后动手煮东西,抓一大把盐撒进锅里。

我们每人喝一点酒,坐在铺前看海滩的热闹:像水一样的月光在远处草叶上浸了一层,许多小动物都出来了。那个像拳头大的东西是沙鼠、一挪一挪半滚半爬的是大刺猬;有什么扑啦啦从高处下来,那是猫头鹰;有个黄黄的家伙悄没声地、一颠一颠地跑过来,越跑越快,那是狐狸……

秋天最爱去的地方当然是园艺场。各种果子都熟了,香味顶人的鼻子。看园人装模作样背了枪,其实里面没有子弹——这是老场长下的命令,因为看园人个个脾气坏,见了偷果子的人真的会开枪,所以只让他们背空枪。这些人狡猾无比,白天睡觉晚上守夜,披一件破大衣趴在树杈上,等鱼上钩。

我们对付看园人有很多办法。先伏在地上看清楚,明晃晃的月光下如果不见黑影,那么他们就是藏在树上了。这是最让人头疼的事。我们会分成两帮,有人故意在园子一边弄出些动静,把看园人从树上引下来,这边再动手。摘了一大包桃子和苹果,撒腿就往林场跑。我们总是在大橡树那儿汇合,痛痛快快享受一番。

春天满海滩的洋槐花都开了,它们白天让太阳晒了一天,夜晚就在月光下使劲播散香气。这香气把所有村庄都灌满,让全村的人不再安分。平时天一黑就要睡觉的老头子们失眠了,提着裤子出门,一边系着腰带一边盯着月亮咕哝。一群群孩子在街道上嗵嗵跑,老头子们吆喝起来,认为就是这群孩子惹得他们无法入睡。

槐花的香味大约要笼罩二十多天,其中有半个多月是最浓的。这样的日子当然是以玩为主,一到夜晚,村里人东一簇西一簇,迟迟不愿回家。我们在街上窜了一会儿觉得没意思,就会一口气蹿出村子,跑进海滩,到一大团一大团的槐花跟前。

花开到了最盛的时候,一球球坠下来,树枝都快压折了。一些小飞虫也舍不得这么好的花期、这么好的月光,它们正忙碌不停。

有一天晚上我们一群正在海滩上玩,因为玩得太久,肚子咕咕响,就揪着槐花吃起来。吃饱了肚子躺在热乎乎的草地上,看着大飞蛾从眼前飘来飘去……这时都听到了脚步声和说话声,循着树隙找人,看到一男一女两个人——男的背着手,女的不停地甩辫子。

原来是校长和我们班主任。

我们都有些害怕,虽然什么坏事也没做。心嗵嗵跳,没有办法,在这种地方见到他们,好像犯了错误似的。我第一个从草地上跳起来,立正站好。

校长和班主任吓了一跳。他们跟跄了一步,看清是我,就说:

"哦。"

我嗓子有些不对劲，吭吭哧哧："我们，并不是总这样的……我们主要是在家里写作业……"

几个同学也站起来，不好意思地挠着头，不敢看校长和班主任。

校长背着手踱了两步，说："适当地休息还是必要的。我们备课累了，这不也出来散步了吗？这月亮多好，槐花多好……"

他们扯了几句，让我们注意安全等等，就往回走了。

我们一直注视着他们的背影，直到再也看不见。大家重新欢快起来，胡乱揪几把槐花填到嘴里，在树隙里奔跑，大声喊着："这月亮多好，槐花多好……"

山凹之月

　　不知多少次，夜晚，当我抬头看到这个山凹……山凹上方正升起一轮晶莹的明月，它的四周、它的上方，就是那清澈湛蓝的夜空，宝石一样的星星；一丝风也没有，清清的，冷冷的。

　　我心中常常蓦然一动，闪电一样的感激从心上划过。于是我再也不能平静，伫立那儿，看着这山凹，这月，这清水洗过似的天空。

　　——简直是一丝不差的移植，从远方将整个的一个山凹，不，将整个的一幅夜色和图画，移植到了这座城市的东南方，它靠近我现在的居所。我觉得这是上帝对我的莫大恩惠，是我难以报答的恩典。或许是神灵怕我遗忘了什么，给我启示和点拨，它告诉我：你在艰难时日里曾长久地凝视着这样一座山凹，每天都要迎着它走去……

　　是的，二十年前的流浪之途上，有一个小山村把我收留下来。我后来在一个山间作坊里找到了一份工作，得以免除饥寒交迫的生活。我做夜班,每天夜晚从居所走出,涉过村中那条小河,登上岸,一抬头就看到了这样的山凹——它上面是刚升起不久的月亮,是一天繁星。

山间作坊就在山凹下边,山半坡上。

多少年过去了,山凹之月在我心中却是永不消失的图画。我记得是这幅图画搭救了我,挽救了我不幸的少年⋯⋯后来,直到几年之后,我才翻过那座山凹,走上了人生的另一里程。但我心中,作坊里的嘈杂、幸福的欢笑,就像离它不远的小河一样,永远喧腾和流动。我与他们的友谊,我们一起的故事,一生难忘。

我将记住自己是一个被搭救者,一个刚刚找到居所的流浪少年,头发满是灰尘、脏乱不堪,是朴实无华的山里人收留了我。

记得这个苦命的作坊烧了两次大火。

第一次大火烧得可怕,屋顶全部燃成了红色,不停地往下落着红色火球。作坊的东西刚刚抢出一半,火势逼人。他们再不敢扑进燃烧的作坊了。那时我突然想到作坊是我的命,就像自己的肉体被点燃了一样,我不顾一切地腾跳起来,独自冲了进去。我在刷刷下落的火炭中跑动,背上、脚上,到处都挨了燃烧的东西。可是我对灼痛浑然不觉,只拼命向外抢。紧接着,更多的人也跟我扑进了火海之中⋯⋯

事过很久之后,我抚着身上的伤疤,似乎觉得难以置信。但我心里再清楚不过:这个山村、这个作坊,真的是我一生的恩情,是生命所系,我维护它真的就像维护自己的肉体⋯⋯

第二次大火，我恰巧出门不在。回来后才知道，就像第一场大火一样，那些救火者在半夜里呼号着，勇敢无比，把燃烧的物品甚至是汽油桶拼抢出来。

有一个四十多岁的山村妇女，为了抢出一团熊熊燃烧的胶线，竟然一路抓牢了这个炽亮的火球，一口气跑到小河边，把它投入水中。结果她整整一条手臂都烧坏了。

那是一个夏天，我刚赶回来就去了医院。看着她躺在床上痛苦的样子，那烧得卷曲痉挛的手臂，我的泪水无论如何也忍不住……

这就是我们的作坊，这就是那个山凹下的真实故事。

很久了，我到更远的远方去了，再也没有回到那个山村。我越来越没有勇气回到那个山凹，心里装满了对它的亏欠。

面对此地的山凹之月，心情难以表述。类似的感触太多了。在我人生的旅途上，感念、恐惧、亏欠和怜惜，常常纠缠着，交错一起……我知道它们对于我多么重要，它们唤起忆想，触目惊心。

我不愿诉说，不愿回首。因为它不可忍受。

亏欠，幸福，报答，追寻，我自己深深知道它们意味着什么。我明白更好和更重要的，是叮嘱自己，是能够在这山凹之月面前感到惶恐和惊怵，是那闪电般的感觉还能回到心上——我将因此而不会毁损。

人的一生会留下许多残缺、很多不能完成的篇章。也许我在一个段落的中间就会止步不前，就会长久地休息。可是，我只想在充分的自我把握之中，悄然地结束……

作坊里有一个两眼漆黑的姑娘。她神秘地出现在小小的山村。她不太像土生土长的人，可又的确是从那儿出生的。那张苍白、没有血色的脸，瀑布一样的黑发，特别是那双又圆又亮的、浓黑浓黑的双目，都使人惊讶又费解。她突然地出现，又突兀地消失。我还目击了其他的故事，生的故事、死的故事，荒唐的故事和欢愉的故事。

那么多喜剧和悲剧在那个山凹下发生了。

我最后离开时简直是逃脱一般。美丽而苦难的山地装满了恐惧。我不敢更久地逗留，我必须逃开。

至此，我又重新恢复了一个流浪者的形象——一路奔波，奔向远方。

无论我走到哪里，山凹上方那轮像水洗过一样的月亮都随我移动。我走向山区、平原、城市、农村，走向海滨，走向城市的郊外，它都凝视着我，跟住了我。它似乎在提醒我从哪里来，让我一如从前，像过去一样，没有一丝一毫的改变。我只可以长高、变老，身上增添皱纹和年轮，但不可以在内部、在灵魂深处有一丝一毫的变质。

我知道城郊山凹之月从哪里来，我由它的来路即可以找到自己的来路；我循它在苍穹划过的痕迹就可以找到自己的往日踪迹。

每个人都曾经披星戴月。于是人才可以记得起他的过去。他会努力地追忆许久以前的那轮明月、那一天星斗。他终于有一天会恍然大悟：就是这同一轮月亮、同一天星斗，随着他移动到西，移动到东，随着他从出生到死亡……他原来在领受宇宙之神不变的目光。

…………

那一天我仿佛听到了呼唤，一颗心都要急得跳出。没有别的选择，只有向着北方，我的出生地奔跑。

我不顾一切地奔跑。头发被风吹乱了，衣服被荆棘划破了，鞋子脱落了，可是都没有停止。翻山越岭向北，一直向北。月亮升起来，很快跟住了我——它大概不愿让我一个人孤寂地赶这么远的山路。

它伴随我飞一样来到了平原，来到了海边荒原。

我回到了亲人身边。是长长的呼唤把我牵引回来，我没有白来一场。

这一次长长的奔跑让我至今回想起来就要感激得流泪。我像孤儿似的从东到西、从南到北，游荡不止。漫游之路上只有月亮陪伴我。我停留它亦停留；我飞奔它亦飞奔；我痛苦它就流下大滴的泪珠。

今天今夜，我来到了这个城郊，却站在了昨日的山凹之下。

山凹上方还是它，在那儿注视我。

扎下帐篷点起篝火

　　我总是找一个最喜欢的地方安放帐篷，因为这是我的一个临时小窝。哪怕只在这儿停留十几个小时，也仍然希望这个地方"完美无缺"。在我看来眼前的这道河谷就是极难寻觅的一个佳处了：即使在干旱季节，河水转弯处也仍然有一汪绿油油的水，水边形成了月牙形的洁白沙滩，一侧长了许多刚刚萌芽的柳科灌木，大多是绦柳和腺柳。娇嫩的叶芽诱惑着我，让我忍不住采了一把投入粥锅。

　　夜色暗下来。啄木鸟在山后的杨树干上敲出了笃笃声，野鸡沙哑的嗓子一声连一声呼喊。远处山坡上的苍榆、小叶山毛榉、野核桃和偶尔一现的川榛，这会儿都化进一片朦胧中。

　　篝火燃得很旺。它驱赶了春夜的寒意。随着夜的深入，各种野物在山谷露出了响动，细碎清晰，似乎是触手可及了。我希望它们当中的某一个迎着火光走来，而不仅仅是在远处的灌木下瞪着一双晶亮的眼睛。我想象它们的样子，心里高兴。我曾经有过这样的经历：刚刚扎下帐篷点起篝火，就有一只彩色的大鸟一蹦一蹦凑过来，或者有一只小草獾吧嗒吧嗒走来，一边走一边嗅着地上的什么。可惜它们在那儿徘徊一会儿，悄悄盯视我几眼，又慌慌地离开。

由于一个人赶路的经历多了，所以在这样的夜晚一点儿也谈不上恐惧。不错，我们常常能听到有人在野外遇到了什么凶险的传闻，都说现在一个人走路越来越不安全了，不能随便出门等等。可是我心里明白，一个人只要活在世上，就无法找到一个绝对安全之地。就在我居住的那座城市里，前不久一个旅客在旅馆的洗漱间里被活活勒死了，不过是为了争夺几十块钱而已。在火车上，那些专门劫车的匪徒可以从长长列车的最末一节车厢直到车头，把整整一列火车上的旅客腰包全部掏空……实在是耸人听闻，可惜都是真实发生过的。

对于这些不测，一个命定了要在大地上奔走的人又该怎样？他除了依赖无可逃避的命运，可能就是背囊里那把寒光闪闪的长刀了。我这儿，从很早以前起，一个人远途跋涉的必备之物已是应有尽有：指南针、简易帐篷、地图、米袋，各种各样的零碎物品。半夜里帐篷如果被风吹掀一角，要找一节尼龙绳去固定，那么背囊里就一定可以找到。我带了至少三种饮料，咖啡、绿茶，还有一块硬邦邦的、从蒙古地界搞来的茶砖。

整整爬了一天山。这是一座又熟悉又陌生的高岭主峰，以前好像登过。记得山峦好像是东北西南走向，可眼前这个山脉却是东西向的。山脉西端向着北方渐渐弯下去，远看像划了一道弧线。为了省些力气，我开始沿着山脉河谷往前，一直走在左侧，因为它仅存的一线水流就贴紧了左侧。从踏脚处往四下瞭望，不断可以看到河谷两侧的那些汉子，看到汇集的山落水怎样集中到一条大河里。这儿每到了大雨季节，比如说夏秋，干河汉子就会溅起湍急的水流。河的左岸比右岸高，成阶梯形，黄黄的黏土酥石中夹杂着零星发红的铁矿砂……脚下踏的一片干草中，星星绿芽刚刚萌生：羊茅草、多叶隐子草、荩草，还有华北臭草，可以想见下一个季节里它们会长得何等旺盛。河谷每到了拐弯处，水流就要漩出一个深深的半圆形。但这是水旺季节的情形，而今那里只储着一汪静静的水，水边是密密的茅草胡子，当心非常清澈，走近了可以看到水中的卵石、在草胡子间窜来窜去的鱼，有的鱼竟长达半尺。有好几次我真想停下来垂钓……逮一条鱼的念头老要缠着我，后来还是舍不得在半路上停下来。我想抓紧时间，最好在天黑之前翻过那道山岭。

很早以前我就明白，旅途上最好把那些山岭河流，或是其他突出标志作为某个界限。我总在心里默念：快点走吧，天黑以前到达那片树林；在中午以前翻过那个山凹、涉过那条河，等等。可是我有时却对更远一些的目标迷茫起来，比如这样急急匆匆究竟要赶到哪里去？翻过那座山之后呢？

许多时候真的没有更具体的目标。

从河岸的露头可以看出，这条大山主要由凝灰岩和玄武岩构成,它的倒影在潺潺水流中显得很美。我发现这是一个很不错的居留地：蓝天白云,山脉河谷,而我却要蜗居在一座乱哄哄的城市里,想一想真是太亏了。这样的地方经常可以遇到,它总是触发心底的不安。我好像总有一个模糊而遥远的诱惑、一个难以兑现的约定：走吧,到远处去吧——此行何为？哪儿才是最终的停泊地？一切却没有明确的答案。可又必须走。我发现一个人只有在路上,只有在路上,才不会睁着一双空洞洞的、傻乎乎的眼睛。

融入野地

一

　　城市是一片被肆意修饰过的野地,我最终将告别它。我想寻找一个原来,一个真实。这纯稚的想念如同一首热烈的歌谣,在那儿引诱我。市声如潮,淹没了一切,我想浮出来看一眼原野、山峦,看一眼丛林、青纱帐。我寻找了,看到了,挽回的只是没完没了的默想。辽阔的大地,大地边缘是海洋。无数的生命在腾跃、繁衍生长,升起的太阳一次次把它们照亮……当我在某一瞬间睁大了双目时,突然看到了眼前的一切都变得簇新。它令人惊悸、感动、诧异,好像生来第一遭发现了我们的四周遍布奇迹。

　　我极想抓住那个"瞬间感受",心头充溢着阵阵狂喜。我在其中领悟:万物都在急剧循环,生生灭灭,长久与暂时都是相对而言的;但在这纷纭无绪中的确有什么永恒的东西。我在捕捉和追逐,而它又绝不可能属于我。这是一个悲剧,又是一个喜剧。暂且抑制了一个城市人的伤感,面向旷野追问一句:为什么会是这样?

这些又到底来自何方？已经存在的一切是如此完美，完美得让人不可思议；它又是如此地残缺，残缺得令人痛心疾首。我们面对的不仅是一个熟知的世界，还有一个完全陌生的世界；原来那种悲剧感或是喜剧感都来自一种无可奈何。

心弦紧绷，强抑下无尽的感慨。生活的浪涌照例扑面而来，让人一拍三摇。做梦都想像一棵树那样抓牢一小片泥土。我拒绝这种无根无定的生活，我想追求的不过是一个简单、真实和落定。这永远只能停留在愿望里。寻找一个去处成了大问题，安慰自己这颗成年人的心也成了大问题。默默挨蹭，一个人总是先学会承受，再设法拒绝。承受，一直承受，承受你的自尊所无法容许的混浊一团。也就在这无边的踟蹰中，真正的拒绝开始了。

这条长路犹如长夜。在漫漫夜色里，谁在长思不绝？谁在悲天悯人？谁在知心认命？心界之内，喧嚣也难以渗入，它们只在耳畔化为了夜色。无光无色的域内，只需伸手触摸，而不以目视。在这儿，传统的知与见已经失去了原有的意义。神游的脚步磨得夜气发烫，心甘情愿一意追踪。承受、接受、忍受——一个人真的能够忍受吗？有时回答能，有时回答不，最终还是不能。我于是只剩下了最后的拒绝。

二

当我还一时无法表述"野地"这个概念时，我就想到了融入。因为我单凭直觉就知道，只有在真正的野地里，人可以漠视平凡，发现舞蹈的仙鹤，泥土滋生一切。在那儿，人将得到所需的全部，特别是百求不得的那个安慰。野地是万物的生母，她子孙满堂却不会衰老。她的乳汁汇流成河，涌入海洋，滋润了万千生灵。

我沿了一条小路走去。小路上脚印稀罕，不闻人语，它直通故地。谁没有故地？故地连接了人的血脉，人在故地上长出第一绺根须。可是谁又会一直心系故地？直到今天我才发现，一个人长大了，走向远方，投入闹市，足迹印上大洋彼岸，他还会固执地指认：故地处于大地的中央。他的整个世界都是那一小片土地生长延伸出来的。

我又看到了山峦，平原，一望无边的大海。泥沼的气息如此浓烈，土地的呼吸分明可辨。稼禾、草、丛林；人、小蚁、骏马；主人、同类、寄生者……搅缠共生于一体。我渐渐靠近了一个巨大的身影……

故地指向野地的边缘，这儿有一把钥匙。这里是一个入口，一个门。满地藤蔓缠住了手足，丛丛灌木挡住了去路，它们挽留的是一个过客，还是一个归来的生命？我伏下来，倾听，贴紧，感知脉动和体温。此刻我才放松下来，因为我获得了真正的宽容。

一个人这时会被深深地感动。他像一棵树一样，在一方泥土上萌生。他的一切最初都来自这里，这里是他一生探究不尽的一个源路。人实际上不过是一棵会移动的树。他的激动、欲望，都是这片泥土给予的。他曾经与四周的丛绿一起成长。多少年过去了，回头再看旧时景物，会发现时间改变了这么多，又似乎一点也没变。绿色与裸土并存，枯树与长藤纠扯。那只熟悉的红点颏与巨大的石碾一块儿找到了；还有那荒野芜草中百灵的精制小窝……故地在我看来真是妙迹处处。

一个人只要归来就会寻找，只要寻找就会如愿。多么奇怪又多么素朴的一条原理，我一弯腰将它拣了起来。匍匐在泥土上，像一棵欲要扎根的树——这种欲求多次被鹦鹉学舌者给弄脏。我要将其还回原来。我心灵里那个需求正像童年一样热切纯洁。

我像个熟练的取景人，眯起双目遥视前方。这样我就迷蒙了画面，闪去了很多具体的事物。我看到的不是一棵或一株，而是一派绿色；不是一个老人一个少女，而是密挤的人的世界。所有的声息都撒落在泥土上，混合一起涌过，如蜂鸣如山崩。

我蹲在一棵壮硕的玉米下，长久地看它大刀一样的叶片，上面的银色丝络；我特别注意了它如爪如须、紧攥泥土的根。它长得何等旺盛，完美无损，英气逼人。与之相似的无语生命比比皆是，它们一块儿忽略了必将来临的死亡。它们有个精神，秘而不宣。我就这样仰望着一棵近在咫尺的玉米。

时至今天，似乎更没有人愿意重视知觉的奥秘。人仿佛除了接受再没有选择。语言和图画携来的讯息堆积如山，现代传递技术可以让人蹲在一隅遥视世界。谬误与真理掺拌一起抛洒，人类像挨了一场陨石雨。它损伤的是人的感知器官。失去了辨析的基本权利，剩下的只是一种苦熬。一个现代人即便大睁双目，还是拨不开无形的眼障。错觉总是缠住你，最终使你臣服。传统的"知"

与"见"给予了我们，也蒙蔽了我们。于是我们要寻找新的知觉方式，警惕自己的视听。

　　我站在大地中央，发现它正在生长躯体，它负载了江河和城市，让各色人种和动植物在腹背生息。令人无限感激的是，它把正中的一块留给了我的故地。我身背行囊，朝行夜宿，有时翻山越岭，有时顺河而行；走不尽的一方土，寸土寸金。有个异国师长说它像邮票一般大。我走近了你、挨上了你吗？一种模模糊糊的幸运飘过心头。

三

　　大概不仅仅是职业习惯，我总是急于寻觅一种语言。语言对于我从来就有一种神秘的感觉。人生之路上遭逢的万事万物之所以缄口沉默，主要是失去了语言。语言是凭证、是根据，是继续前行的资本。我所追求的语言是能够通行四方、源发于山脉和土壤的某种东西，它活泼如生命，坚硬如顽石，有形无形，有声无声。它就撒落在野地上，潜隐在万物间。河水咕咕流淌，大海日夜喧嚷，鸟鸣人呼——这都是相互隔离的语言；那么通行四方的语言藏在了哪里？

　　它犹如土中的金子，等待人们历尽辛苦之后才跃出。我的力气耗失的那天，即便如愿以偿了又有什么意义？我像所有人一样犹豫、沮丧、叹息，不知何方才是目的，既空空荡荡又心气高远。总之无语的痛苦难以忍受，它是真实的痛苦。我的希冀不大，无非就想讨一句话。很可惜也很残酷，它不发一言。

让人亲近、心头灼热的故地，我扑入你的怀抱就痴话连篇，说了半晌才发觉你仍是一个默默。真让人尴尬。我知道无论是秋虫的鸣响或人的欢语，往往都隐下了什么。它们的无声之声才道出真谛，我收拾的是声音底层的回响。

在一个废弃的村落旧址上，我发现了遗落在荒草间的碾盘。它上面满是磨钝了的齿沟。它曾经被忙生计的人团团围住，它当刻下滔滔话语。还有，茅草也遮不住的破碎瓦砾，该留下被击碎那一刻的尖利吧？我对此坚信无疑，只是我仍然不能将其破译。脚下是一道道地裂，是在草叶间偷窥的小小生灵。太阳欲落，金红的火焰从天边一直烧到脚下；在这引人怀念和追忆的时刻，我感到了凄凉，更感到了蕴含于天地自然中的强大的激情。可是我们仍然相对无语。

刚刚接近故地的那种熟悉和亲切逐渐消失，代之而来的是深深的陌生感。我认识到它们的表层之下，有着我以往完全不曾接近过的东西。多少次站在夕阳西下的郊野，默想观望，像等候一个机会。也就在这时，偶尔回想起流逝的岁月，会勾起一丝酸疼。好在这会儿我已没有了书生那样的忏悔，而是充满了爱心和感激，心甘情愿地等待、等待。我回想了童年，不是那时的故事，而是那时的愉快心情。令人惊讶的是那种愉悦后来再也没有出现。我多少领悟了：那时还来不及掌握太多的俗词儿，因而反倒能够与大自然对话；那愉悦是来自交流和沟通，那时的我还未完全从自然的母体上剥离开来。世俗的词儿看上去有斤有两，在自然万物听来却是一门拙劣的外语。使用这种词儿操作的人就不会有太大希望。解开了这个谜我一阵欣慰，长舒一口。

田野上有很多劳作的人，他们趴在地上，沾满土末。禾绿遮着铜色躯体，掩成一片。土地与人之间用劳动沟通起来，人在劳动中就忘记了世俗的词儿。那时人与土地以及周围的生命结为一体，看上去，人也化进了朦胧。要倾听他们的语言吗？这会儿真的掺入泥中，长成了绿色的茎叶。这是劳动和交流的一场盛会，我怀着赶赴盛宴的心情投入了劳动。我想将自己融入其间。

人若丢弃了劳动就会陷于蒙昧。我有个细致难忘的观察：那些劳动者一旦离开了劳动，立刻操起了世俗的词儿。这就没有了交流的工具，与周遭的事物失去了联系，因而毫无力量。语言，不仅仅是表，而是理；它有自己的生命、质地和色彩，它是幻化了的精气。仅以声音为标志的语言已经是徒有其表，魂魄飞走了。我崇拜语言，并将其奉为神圣和神秘之物。

四

生活中无数次证明：忍受是困难的。一个人无论多么达观，最终都难以忍受。逃避、投诚、撞碎自己，都不是忍受。拒绝也不是忍受。不能忍受是人性中刚毅纯洁的一面，是人之所以可爱的一个原因。偶有忍受也为了最终的拒绝。拒绝的精神和态度应该得到赞许。但是，任何一种选择都是通过一个形式去完成的，而形式可以是多种多样的。

一个人如果因爱而痴，形似懵懂，也恰恰是找到了自己的门径。别人都忙于拒绝时，他却进入了忘我的状态。忘我也是不能忍受的结果。他穿越激烈之路，烧掉了愤懑，这才有了痴情。爱一种职业、一朵花、一个人，爱的是具体的东西；爱一份感觉、一个意愿、一片土地、一种状态，爱的是抽象的东西。只要从头走过来，只要爱得真挚，就会痴迷。迷了心窍，就有了境界。

当我投入一片茫茫原野时，就明白自己背向了某种令我心颤的、滚烫烫的东西。我从具体走向了抽象。站在荒芜间举目四望，一个质问无法回避。我回答仍旧爱着。尽管头发已经蓬乱，衣衫有了破洞，可我自知这会儿已将内心修葺得工整洁美。我在迎送四季的田头壑底徘徊，身上只负了背囊，没有矛戟。我甘愿心疏志废、自我放逐。冷热悲欢一次次织成了网，我更加明白我"不能忍受"，扔掉小欣喜，走入故地，在秋野禾下满面欢笑。

但愿截断归途，让我永远待在这里。美与善有时需要独守，需要眼盯盯地看着它生长。我处于沉静无声的一个世界，享受安谧；我听到挚友在赞颂坚韧，同志在歌唱牺牲，而我却仅仅是不能忍受。故地上的一棵红果树、一株缬草，都让我再三吟味。我不能从它的身边走开，它们深深地吸引了我。我在它们的淡淡清香中感动不已。它们也许只是简单明了、极其平凡的一树一花，荒野里的生物，可它们活得是何等真实。

我消磨了时光，时光也恩惠了我。风霜洗去了轻薄的热情，只留住了结结实实的冷漠。站在这辽远开阔的平畴上，再也嗅不到远城炊烟。四处都是去路，既没人挽留，也没人催促。时空在这儿变得旷敞了，人性也自然松弛。我知道所有的热闹都挺耗人，一直到把人耗贫。我爱野地，爱遥远的那一条线。我痴迷得不可救药，像入了玄门；我在忘情时已是口不能语，手不能书；心远手粗，有时提笔忘字。我顺着故地小径走入野地，在荒村陋室里勉强记下野歌。这些歪歪扭扭的墨迹没有装进昨天的人造革皮夹，而是用一块土纺花布包了，背在肩上。

土纺花布小包裹了我的痴唱，携上它继续前行。一路上我不断地识字：如果说象形文字源于实物，它们之间要一一对应；那么现在是更多地指认实物的时候了。这是一种可以保持长久的兴趣，也只有在广大的土地上才做得到。琐细迷人的辨识中，时光流逝不停，就这样过起了自己的日子。我满足于这种状态和感觉、这其间难以言传的欢愉。这欢愉真像是窃来的一样。

我知道不能忍受的东西终会消失；但我也明白一个人有多么执拗。因此，历史上的智者一旦放逐了自己就乐不思蜀。一切都平平淡淡地过下来，像太阳一样重复自己。这重复中包含了无尽的内容。

五

在一些质地相当纯正的著作里，我注意到它一再地提请我们注意如下的意思：孤独有多么美。在这儿，孤独这个概念多少有些含混。大概在精神的驻地、在人的内心，它已经无法给弄得更准确了。它大约在指独自一人——当然无论是肉体方面还是精神方面的状态。一个动物，一株树，都可以孤独。孤独是难以归类的结果。它是美的吗？果真如此，人们也就无须慌悚逃离了。它起码不像幻想那么美；如果有一点点，也只是一种苍凉的美。

一个人处于那样的情状只会是被迫的。现代人之所以形单影只，还因为有一个不断生长的"精神"。要截断那种恐惧，就要截断根须。然而这是徒劳的，因为只要活着，它总要生长。伪装平庸也许有趣，但要真的将一个人扔还平庸，必然遭到他的剧烈抵抗。独自低回富于诗意，但极少有人注意其中的痛苦。孤独往往是心与心的通道被堵塞。人一生下来就要面对无数隐秘，可是对于每个人而言，这隐秘后来不是减少而是成倍地增加了。它来自各个方面，也来自人本身。于是被嘲弄被困扰的尴尬就始终相伴，于是每个人都在自觉不自觉地挣脱——说不出的惶恐使他们丢失了优雅。

在我眼里，孤独是可怕的，但更可怕的是放弃自尊。怎样既不失去后者又能保住心灵上的润泽？也许真的"鱼与熊掌不可得兼"，也许它又是一个等待破解的隐秘。在漫漫的等待中，有什么能替代冥想和自语？我发现心灵可以分解，它的不同的部分甚至能够对话。可是不言而喻，这样做需要一份不同寻常的宁静，使你能够倾听。

正像一籽抛落就要寻下裸土，我凭直感奔向了土地。它产生了一切，也就能回答一切，圆满一切。因为被饥困折磨久了，我远投野地的时间选在了九月，一个五谷丰登的季节。这时候的田野上满是结果。由于丰收和富足，万千生灵都流露出压抑不住的欣喜，个个与人为善。浓绿的植物、没有衰败的花、黑土黄沙，无一不是新鲜真切。待在它们中间，被侵犯和伤害的忧虑空前减弱，心头泛起的只是依赖和宠幸……

这是一个喃喃自语的世界，一个我所能找到的最为慷慨的世界。这儿对灵魂的打扰最少。在此我终于明白：孤独不仅是失去了沟通的机缘，更为可怕的是频频侵扰下失去了自语的权力。这是最后的权力。

就为了这一点点，我不惜千里跋涉，甚至一度变得"能够忍受"。我安定下来，驻足入驿，这才面对自己的幸运。我简直是大喜过望了。在这里我弄懂一个切近的事实：对于我们而言，山脉土地，是千万年不曾更移的背景；我们正被一种永恒所衬托。与之相依，尽可以沉入梦呓，黎明时总会被久长悠远的呼鸣给唤醒。

世上究竟哪里可以与此地比拟？这里处于大地的中央。这里与母亲心理上的距离最近。在这里，你尽可述说昨日的流浪。凄冷的岁月已经过去，一个男子终于迎来了双亲。你没有泣哭，只是因为你学会了掩泪入心。在怀抱中的感知竟如此敏锐，你只需轻轻一瞥就看透了世俗。长久和短暂、虚无与真实，罗列分明。你发现寻求同类也并非想象那么艰苦，所有朴实的、安静的、纯真的，都是同类。它们或他们大可不必操着同一种语言，也不一定要以声传情。同类只是大地母亲平等照料的孩子，饮用同样的乳汁，散发着相似的奶腥。

在安怡温和的长夜，野香熏人。追思和畅想赶走了孤单，一腔柔情也有了着落。我变得谦让和理解，试着原谅过去不曾原谅的东西，也追究着根性里的东西。夜的声息繁复无边，我在其间想象；在它的启示之下，我甚至又一次探寻起词语的奥秘。我试过将音节和发声模拟野地上的事物、并同时传递出它的内在神采。如小鸟的"啾啾"，不仅拟声极准，"啾"字竟是让我神往的秋、秋天秋野；口、嘴巴歌喉——它们组成的。还有田野的气声、回响，深夜里游动的光。这些又该如何模拟出一个成词并汇入现代人的通解？这不仅是饶有兴趣的实验，它同时也接近了某种意义和目的。我在默默夜色里找准了声义及它们的切口，等于是按住万物突突的脉搏。

一种相依相伴的情感驱逐了心理上的不安。我与野地上的一切共存共生，共同经历和承受。长夜尽头，我不止一次听到了万物在诞生那一刻的痛苦嘶叫。我就这样领受了凄楚和兴奋交织的情感，让它磨砺。

好在这些不仅仅停留于感觉之中。臆想的极限超越之后，就是实实在在的触摸了。

六

因为我在很大程度上摆脱了生命的寂寥，所以我能够走出消极。我的歌声从此不仅为了自慰，而且还用以呼唤。我越来越清楚这是一种记录，不是消遣，不是自娱，甚至也来不及伤感。如若那样，我做的一切都会像朝露一样蒸掉。我所提醒人们注意的只是一些最普通的东西，因为它们之中蕴含的因素使人惊讶，最终将被牢记。我关注的不仅仅是人，而是与人不可分割的所有事物。我不曾专注于苦难，却无法失去那份敏感。我所提供的，仅仅是关于某种状态的证词。

这大概已经够了。这是必要的。我这儿仅仅遵循了质朴的原则，自然而然地藐视乖巧。真实伴我左右，此刻无须请求指认。我的声音混同于草响虫鸣，与原野的喧声整齐划一。这儿不需一位独立于世的歌手；事实上也做不到。我竭尽全力只能仿个真，以获取在它们身侧同唱的资格。

来时两手空空，野地认我为贫穷的兄弟。我们肌肤相摩，日夜相依。我隐于这浑然一片，俗眼无法将我辨认。我们的呼吸汇成了风，气流从禾叶和河谷吹过，又回到我们中间。这风洗去了我的疲惫和倦怠，裹挟了我们的合唱。谁能从中分析我的嗓音？我化为了自然之声。我生来第一次感受这样的骄傲。

我所投入的世界生机勃勃，这儿有永不停息的蜕变、消亡以及诞生。关于它们的讯息都覆于落叶之下，渗进了泥土。新生之物让第一束阳光照个通亮。这儿瞬息万变，光影交错，我只把心口收紧，让神思一点点溶解。喧哗四起，没有终结的躁动——这就是我的故地。我跟紧了故地的精灵，随它游遍每一道沟坎。我的歌唱时而荡在心底,时而随风飘动。精灵隐隐左右了合唱,或是合声催生了精灵。我充任了故地的劣等秘书,耳听口念手书,痴迷恍惚,不敢稍离半步。

眼看着四肢被青藤绕裹,地衣长上额角。这不是死,而是生。我可以做一棵树了,扎下根须,化为了故地上的一个器官。从此我的吟哦不是一己之事,也非我能左右。一个人消逝了,一株树诞生了。生命仍在,性质却得到了转换。

这样,自我而生的音响韵节就留在了另一个世界。我寻找同类因为我爱他们、爱纯美的一切,寻求的结果却使我化为一棵树。风雨将不断梳洗我,霜雪就是膏脂。但我却没有了孤独。孤独是另一边的概念,洋溢着另一种气味。从此尽是树的阅历,也是它的经验和感受。有人或许听懂了树的歌吟,注目枝叶在风中相摩的声响,但树本身却没有如此的期待。一棵棵树就是这样生长的,它的最大愿望大概就是一生抓紧泥土。

七

随着年龄的增长,我越来越注意到艺术的神秘的力量。只有艺术中凝结了大自然那么多的隐秘。所以我认为光荣从来属于那些最激动人心的诗人。人类总是通过艺术的隧道去触摸时间之谜,去印证生命的奥秘。自然中的全部都可通过艺术之手的拨动而进入人的视野。它与人的关系至为独特,人迷于艺术,是因为他迷于人本身、迷于这个世界昭示他的一切。一个健康成长着的人对于艺术无法选择。

　　但实际上选择是存在的。我认为自己即有过选择。对于艺术可以有多种解释，这是必然的。但我始终认为将艺术置于选择的位置，是一次堕落。

　　我曾选择过，所以我也有过堕落。补救的方法也许就是紧紧抱定这个选择结果，以求得灵魂的升华。这个世界的物欲愈盛，我愈从容。对于艺术，哪怕给我一个独守的机会才好。我交织着重重心事：一方面希望所有人的投入，另一方面又怕玷污了圣洁。在我看来它只该继续走向清冷，走到一个极端。留下我来默祷，为了我的守护，和我认准了的那份神圣。当然这是不可能的。

　　我梦见过在烛光下操劳的银匠，特别记住了他头顶闪烁的那一团白发。深不见底的墨夜，夜的中间是掬得起的一汪烛辉……什么是艺术？什么是劳动？它们共生共长吗？我在那个清晨叮咛自己：永远不要离开劳动——虽然我从未想过、也从未有过离去的念头。

　　艺术与宗教的品质不尽相同，但二者都需要心怀笃诚。当贪婪和攫取的狂浪拍碎了陆地，你不得不划一叶独舟时，怀中还剩下了什么？无非是一份热烈和忠诚。饥饿和死亡都不能剥夺的东西才是真正珍贵的。多少人歌颂物欲，说它创造了世界。是的，它创造了一个邪恶的世界；它也毁灭了一个世界，那是一个宁静的世界。我渐渐明白：要始终保有富足，积累的速度并不重要，重要的是能够积累。诚实的劳动者和艺术家一块儿发现了历史的哀伤，即：不能够。

人的岁月也极像循环不止的四季，时而斑斓，时而被洗得光光。一切还得从头开始。为了寻觅永久的依托，人们还是找到站立的这片土地。千万年的秘史糅在泥中，生出鲜花和毒菇。这些无法言喻的事物靠什么去洞悉和揭示？哪怕是仅仅获取一个接近的权力，靠什么？仍然是艺术，是它的神秘的力量。

滋生万物的野地接纳了艺术家。野地也能够拒绝，并且做得毅然彻底。强加于它的东西最终就不能立足。泥土像好的艺术家，看上去沉静，实际上怀了满腔热情。艺术家可以像绿色火焰，像青藤，在土地上燃烧。

最后也只能剩下一片灰烬。多么短暂，连这点也像青藤。不过他总算用这种方式挨紧了热土。

八

我曾询问：一个知识分子的精神源自何方？它的本源？很久以来，一层层纸页将这个本来浅显的问题给覆盖了。当然，我不会否认渍透了心汁的书林也孕育了某种精神。可我还是发现了那种悲天的情怀来自大自然，来自一个广漠的世界。也许在任何一个时世里都有这样的哀叹——我们缺少知识分子。它的标志不仅是学历和行当上的造就，因为最重要的依据是一个灵魂的性质。真正的"知"应该达于"灵"。那些弄科技艺术以期成功者，同时要使自己成长为一个知识分子。

将"知识分子"这个概念俗化有伤人心。于是你看到了逍遥的骗子、昏聩的学人、卖了良心的艺术家。这些人有时并非厌恶劳动，却无一例外地极度害怕贫困。他们注重自己的仪表，却没有内在的严整性，最善于尾随时风。谁看到一个意外？谁找到一个稀罕？在势与利面前一个比一个更乖，像临近了末日。我宁可一生泡在汗尘中，也要远离它们。

我曾经是一个职业写作者，但我一生的最高期望是：成为一个作家。

人需要一个遥远的光点，像渺渺星斗。我走向它，节衣缩食，收心敛性。愿冥冥中的手为我开启智门。比起我的目标，我追赶的修行，我显得多么卑微。苍白无力，琐屑慵懒，经不住内省。就为了精神上的成长，让诚实和朴素、让那份好德行，永远也不要离我，让勇敢和正义变得愈加具体和清晰。那样，漫长的消磨和无声的侵蚀我也能够陪伴。

在我投入的原野上，在万千生灵之间，劳作使我沉静。我获得了这样的状态：对工作和发现的意义坚信不疑。我亲手书下的只是一片稚拙，可这份作业却与俗眼无缘。我的这些文字是为你、为他和她写成的，我爱你们。我恭呈了。

九

就因为那个瞬间的吸引，我出发了。我的希求简明而又模糊：寻找野地。我首先踏上故地，并在那里迈出了一步。我试图抚摸它的边缘，望穿雾幔；我舍弃所有奔向它，为了融入其间。跋涉、追赶、寻问——野地到底是什么？它在何方？野地是否也包括了我浑然苍茫的感觉世界？

我无法停止寻求……

大自然使我们真正地激动

有一个时期,我一直以为一个作家的才华主要表现在对自然景物的描绘上——这当然有些可笑。那是我的误解,夹杂了某些偏执。不过,总会有一些更深刻一点的道理与其联结在一起,我说不明白。

比如那些能够准确而细微地描述大自然,特别敏感地领会自然界的暗示和启迪的人,显然是些特殊的生命,是作家队伍中最优秀的一类——往往如此。人与大自然的情感应该是朴素的,天然生发的,没有任何的难为情,没有任何的牵强。但实际恰恰相反。

一方面我们心灵干枯,感觉迟钝,面对活鲜的、生机勃勃的、千姿百态的世界表现得麻木不仁;另一方面我们又往往吐露一些虚伪的、空泛的情感,表现出一种矫情。大自然并没有使我们真正地激动,灵魂也没有战栗。那种做法看上去有点像附庸风雅。

诗人记录和倾诉他心中的一切。他站立在什么土地上、呼吸着什么空气、四周的颜色和气味，这对于他可太重要了。他与这个世界融为一体，血脉相通。他是它们的代言人，是它们的一个器官。通过这个器官，人类将听到很多至关重要的信息，听到一个最古老又最新鲜的话题，听到这个星球上神秘的声音。一个诗人如果不能与那一切相通相连，那么他就是可有可无的。他可以嗅到风、云、河流、树木、太阳等等一切的气味，感到它们的脉动。他的喃喃叙说才是真正意义上的诗。他是一个彻底放松的、四肢伸展的生命。

我们难以想象一个对那一切感觉迟钝的人，会对人间一切情愫感觉敏锐。他与众不同的，首先当然是极度的敏感性。自然界的一切都能引起他的喜悦或哀伤。这是人类智慧高度发展的结果。它受到了最有力、最痛苦的磨砺。凭借这些，他获取着常人难以捕捉的东西，并以他自己的方式消化着、传递着。他的歌有着无比的渗透力，往往在人们理性上还来不及排斥的时候，就进入到心灵中去了。

大自然作为世界的主要部分，可以说是独立的、绝对强大的。它当然有自己的秘密。探索它，有时是人类最伟大的事业之一。科学家的缜密思维替代不了诗人的感悟。每个生命都是渺小的，每个生命都会叽叽喳喳议论大自然。你会看到一个诗人的情绪怎样波动，这种波动与自然环境有怎样的联系，以及大自然又怎样熏陶和教诲了诗人。他对自然的理解，不可避免地表达了整个人类思维的一部分。他再独特、再有个性，也是一种人类思维。他的个性，正好表现了作为一个单个的人的价值。没有个性的思维是不存在的，愈有个性，就愈有整体上的意义。人类的自然观，总是通过单个的人来完成和发展的。